ダイテス領攻防記 4

登場人物紹介
水谷《みずたに》美有《みう》
腐女子人生を謳歌《おうか》していたOL。
事故で命を落とし、
ミリアーナとして転生。
マティサ
オウミ王国の元王太子。
廃嫡《はいちゃく》されて、ダィテスに
婿養子としてやって来た。
『黒の魔将軍』と
恐れられている。
ミリアーナ
辺境の地ダィテス領の公爵令嬢。
BLをこよなく愛している。
快適な暮らしと萌えを求め、
オーバーテクノロジーで
異世界を改革中。

トウザ
南の国ハヤサの王太子。
マティサと
仲が良い。
ナリス
『虐殺人形』と呼ばれる
南の国
ハヤサの王。
ケイシ
西の小国カガノ出身。
オウミ王国の親衛隊に
所属する。
ナシェル
西南の国ランカナ出身。
ダィテス公爵家に
仕えている。
クラリサ
ミリアーナの侍女。
BL好きの貴腐人でも
ある。
コシス
マティサの忠実な臣下。
家督を弟に譲り、
主《あるじ》についてダィテス
まで来た。

目次

ダィテス領攻防記4

プロローグ　しばしの休息

ミリアーナたちを乗せた車がダィテス領に着いたのは、陽が落ちてしばらく経った頃だった。

ヘッドライトをつけた車がセタの城に滑りこむ。

「着いたぁぁあ！」

急ブレーキを踏み、横滑りさせて車を止めたクラリサは、大きな声で叫んだ。道中、連続するカーブでもスピードを落とさず走り抜けた彼女のテンションは、この上なく高い。

「どうですか、お嬢様。前回より早く着きましたよ！」

そう言って胸を張った栗色の髪の侍女《クラリサ》は、大人しくしていれば楚々《そそ》とした美女で通る。

助手席に座っていたミリアーナは、眉をひそめた。

「早いわよ。確かに早くはなっているんだけど……」

オウミ王国の北の辺境、ダィテス公爵領。自動車は、通常五日はかかるオウミ王都からダィテスまでの距離を、わずか数時間で走り抜けた。

クラリサの運転は、ミリアーナに比べてかなり荒っぽい。速度を落としておとなしく運転することもできるのだが、王都、ダィテス間の移動タイムを縮めるため、彼女は今回、少々危険なテクニックを披露《ひろう》した。

ミリアーナが自動車を作ったのはほんの数年前だが、ダィテス領にはすでに走り屋らしき存在がいる。クラリサもしかり。

栗色の髪の青年が転がり落ちるように車から出てきた。

次《つ》いで、次期ダィテス公爵で、ミリアーナの夫でもあるマティサも、よろめきつつ車から降りる。

マティサの腹心コシスも続いた。

自動車にだいぶ慣れてきた二人だが、クラリサの運転速度はさすがにきつかったらしい。

「大丈夫？」

ミリアーナは、青い顔をしたマティサに声をかけた。

「そう見えるか？」

夫に聞き返されて、ミリアーナは横に首を振る。

「全然」

すると、マティサは恨《うら》めしげな視線をミリアーナに向けた。

「だって、急いで帰らなきゃならなかったんだもの。仕方ないじゃない」

ミリアーナはむうっとふくれたあと、ちらりと栗色の髪に中背痩身《そうしん》の青年――ナシェルを見た。

オウミの南西にある、ランカナ王国出身のナシェル・オーガス。

はじめて自動車に乗った彼は――洗面器仕様の桶に盛大に吐いた。

「なん……なんですか……これは……早駆けどころの騒ぎじゃ……ありませっ、ううっ」

ナシェルは吐き気をこらえきれなかったらしく、再び吐いた。

だが、彼が何を言おうとしていたのかはわかる。誰でも疑問に思うだろう。

時速百キロを超える速さで走ってきたのだ。

王都を出て、その日のうちにダィテスにたどり着くことなど、できるはずがない——この世界の常識ならば。

不可能を可能にする技術を目の当たりにしたナシェルだったが、まだ理解は追いつかなかった。

ナシェルの母国ランカナは、オウミの王太子妃の座を狙い、ある企《くわだ》てを起こした。マティサの弟で王太子のジュリアスを拉致《らち》したのだ。

見せしめの意味もかねて、オウミはランカナに宣戦布告。

なりゆきでカイナンとハヤサが参戦し、三国の武威《ぶい》をもってランカナを攻めた。

元公爵であり、二十代という若さにして宰相代理を務めていたナシェルは、その地位を投げ出して戦争を終結させた。

ナシェルと、傭兵《ようへい》としてランカナに雇われていた王級〝加護持ち〟ケイシ・エタルをオウミに引っ張ってきたのは、マティサだ。頭の切れるナシェルと〝加護持ち〟のケイシをランカナに置いておくのは危険だと判断したためである。

西の小国カガノから流れてきたという『黒風《くろかぜ》』ケイシは、オウミの王太子親衛隊に抜擢《ばってき》された。

確かにケイシは外国人だが、王級〝加護持ち〟なだけあり、戦力はすさまじい。結果、親衛隊への入隊が決定したのだった。

一方のナシェルは、さすがに外国人を国政にかかわらせるわけにはいかないということで、ダイテス公爵家が身柄を預かることとなった。

車酔いによる吐き気と戦っていたナシェルは、桶から顔を上げてダィテス公爵令嬢を見る。

ミリアーナは黒い瞳を輝かせ、いたずらっぽく笑った。

「これがダィテスの秘密よ」

ミリアーナには前世の記憶がある。

彼女の前世での名は、水谷美有《みずたにみう》。日本という平和な国に生まれ、二十四歳の時、事故によって命を落とした。

美有が暮らしていた世界は、現在より数世紀分ほど文明が進んでいた。前世の記憶を持つミリアーナにとって、こちらの世界の文明は、中世期のヨーロッパ程度のもの。

あまりの暮らしにくさに、ミリアーナは前世の知識を総動員してダィテスを発展させたのだ。

美有はごく普通のＯＬだったが——いわゆる腐女子《ふじょし》でありオタクだった。

小説の執筆を趣味としていた美有。彼女は歴史に並々ならぬ興味があり、執筆のため、様々な機械の構造や産業革命について調べまくっていた。

この世界に転生して魔法があると知ったミリアーナは、魔法と前世のテクノロジーを融合できないかと考えた。そしてダィテスの技術者や魔術師とともに、魔法を動力とするテクノロジーを生み出した。

あるはずのない技術——オーバーテクノロジーと、ミリアーナの前世の知識にもとづく内政こそダィテスの秘密である。

「ナシェル・オーガスさん。あなたには、王都にあるダィテス領館の管理を任《まか》せたいの。王都に駐在して情報を送ってほしいのよ。だから、これらのものにはある程度慣れてもらうしかないわね」

ミリアーナの言葉に、ナシェルの眼鏡の奥の碧眼《へきがん》が鋭《するど》い光を放った。

「……自動車《これ》だけではないと？」

さすが、二十八歳にして国政の中枢にいた男である。呑みこみが早い。

「そうよ。全部は見せられないけどね。中には、使い方を覚えてもらわなくちゃいけないものもあるわ。でも――他言無用よ。これらがダィテスの外に出たら、とんでもないことになる。そうなるくらいなら――」

「僕の口を永遠にふさぐ、ということですね」

顔色は悪いが、ナシェルの口調はあっさりしたものだった。

「わかりました。どうせ逃げられるものでもありませんし、従いますよ」

「話が早くて助かるわ」

二人の話がまとまったところで、ちょうど城から迎えの人間がやってきた。

ナシェルは、そのまま客室へ直行することとなった。

ミリアーナの脅しのせいではなく、車酔いがひどかったためである。

マティサに忠実でいつも付き従っているコシスも、かなり辛かったらしく自室に引っこんだ。

クラリサの運転、恐るべし。

ミリアーナとマティサは食事をとることにして、食堂に足を運んだ。

時間が遅く、簡単な食事しか用意できなかったらしい。しかし、ミリアーナは気にせず目の前の料理に口をつけた。

一方の婿様《マティサ》は、食欲がないようだ。フォークで料理をつついているものの、なかなか口に運ぼうとしない。

「お腹の中、空《から》っぽじゃないんですか？」

ミリアーナは食べながら尋ねた。

付け合わせのポテトをつついていたマティサは唸《うな》る。

「まだ腸《はらわた》が踊ってるような気がする……なぜ、お前は平気なんだ？」

「慣れですわね」

ミリアーナは、平然としながら料理を平《たい》らげた。

食欲のないマティサも、なんとか料理を口にする。

ミリアーナの夫であるマティサは、本来なら公爵家の婿養子《むこようし》になるような人間ではなかった。

マティサ・ダィテスは、元の名をマティサ・オウミと言う。オウミの王ユティアスと正妃リサーナの長子である。

黒髪に黒い瞳。長身で引き締まった体躯《たいく》。

大陸三大美女と謳《うた》われた母親の華やかな美貌と、『賢王《けんおう》』と讃えられる父親の聡明さを引き継ぎ、王級〝加護持ち〟の身体能力に起因する武勇の誉《ほま》れも高い。どこを見ても、申し分のない王太子であった。

しかし、王級〝加護持ち〟を嫌う母親の扇動《せんどう》により、廃嫡《はいちゃく》に追いこまれたのだ。

〝加護持ち〟とは、その身に魔力が宿った者。

この世界には、魔力があふれている。

何もないところで火が燃え続けたり、ある一点から風が吹き続けたり――このような現象は、精霊の仕業とされてきた。そして人知の及ばない不可思議な現象が起きる場所には、魔力が溜まっている。魔力はものにも宿り、人々は、精霊のごとき現象を引き起こす石を精霊石と呼んだ。

魔力は人の身に宿ることもある。

精神に宿れば魔法という不思議を操ることができ、肉体に宿れば人並み外れた身体能力を発揮する。これを総じて〝加護持ち〟と言うのだ。

肉体に加護を持つ者の中には、一国の王になれるほど能力の高い者が存在し、王級〝加護持ち〟と呼ばれている。彼らはその能力の代償のように、『キレた』と言われる暴走状態に陥《おちい》ることがある。

そうなれば、衝動に任《まか》せてあたりを破壊しつくす。

過去には、自国を滅ぼした王級〝加護持ち〟がいた。王妃リサーナの実父、『狂王』だ。

『狂王』の血を継いだ王級〝加護持ち〟だからこそ、リサーナはマティサを嫌っている。

オウミは大国だが、決して安泰《あんたい》というわけではない。

大陸中央に位置するオウミ王国。

北を竜骨《りゅうこつ》と呼ばれる高い山脈にさえぎられ、現在の装備ではその高い山々を越えることはできない。竜骨の途切れる東にはカイナン王国、西にはエチル王国がある。どちらも王級〝加護持ち〟の王が治める大国だ。

そして南にはハヤサ。王級〝加護持ち〟を二人も擁《よう》し、軍事力だけなら大国にも引けをとらない中堅国である。

オウミは、ハヤサとは友好を結び、エチルとは不戦を貫《つらぬ》いてきた。

好戦的なカイナンに戦《いくさ》を仕掛けられた際には、王級〝加護持ち〟のマティサが戦場に立つ。親衛隊を率いて事をおさめてきたのだが、それに不満を持つ者たちがいた。オウミの西と南の領主たちである。

リサーナは、東ばかりが戦果をあげていると不平を漏《も》らす彼らを唆《そそのか》し、マティサは王太子にふさわしくないと王に進言した。

国を二つに割るわけにはいかない。ユティアス王はマティサを廃嫡し、同母弟のジュリアスを王太子とした。

マティサを国の中枢から遠ざけるため、北の辺境ダィテス公爵家へ婿養子にやったのだ。

すべては政治的な判断だったのだが——ユティアス王の誤算は、ミリアーナという存在。

辺境の地で、マティサは思いがけず強力なカードを手にすることとなった。

その後、王妃派の貴族たちがエチルへの侵攻をはかったものの大敗した。オウミの西の守りは壊滅状態。そして混乱のさなか、今が好機とばかりに東のカイナンが攻め入ってきた。

マティサは、再び表舞台に引っ張り出された。

なんとかカイナンの侵攻を防いだマティサは、ミリアーナの提供した『技術』を対価に、エチル、カイナンと同盟を結ぶ。

これでしばらくは安泰《あんたい》かと思ったところで、今回のランカナ戦だ。マティサは、また注目を浴びてしまった。

気が乗らない様子で料理をつつくマティサを眺めつつ、ミリアーナは口を開いた。

「ナシェルさんですが、しばらくニナイ長官預かりでダィテスの文化に慣れてもらおうと思っています。それから研修期間が終わり次第、王都へ行ってもらうということでいいですよね」

ニナイとは、ミリアーナの不在時にダィテスの内政を引き受けている人物だ。

マティサは彼女の言葉に頷《うなず》く。

「それは任《まか》せた」

王都に着任する人間には、ダィテスに情報をもたらしてほしい。

目端《めはし》が利くナシェルは、ある意味うってつけだろう。

外国生まれというのも、ダィテスの何を秘密にすべきかすぐに判別できる点でありがたい。

ダィテスの玄関口とも言われ、唯一外に接しているセタはまだしも、領地の奥は別世界だ。

自動車が普通に走りまわり、蒸気機関車が各地を繋ぐ。工場では様々なものが生産され、農地では作業効率を格段に向上させる農耕機械を目にすることができる。

ナシェルにダィテス領内の実態をある程度知ってもらうためには、視察が必要だろう。

ミリアーナがそんなことを考えていると、マティサが物憂《ものう》げに呟《つぶや》いた。

「王都から逃げ帰ってきたが、もしかしたら一月《ひとつき》くらいで呼び出されるかもしれん」

ミリアーナは目を瞬《またた》かせ、マティサの黒い瞳を見返した。

「なに、それ？」

ミリアーナは、マティサがまだ国政にかかわりたくないことを知っている。

そもそもこの婚姻は、王妃派の者たちに、マティサから様々な決定権を取り上げたと思わせるためのものである。

婿養子なら、家督《かとく》を継ぐまでは舅《しゅうと》に従わなければならない。もっとも、のほほんを具現化したかのようなミリアーナの父グライムが、マティサに対して何か言いつけたり、意見を拒否したりすることはないだろうが。

オウミのユティアス王は、何かあればミリアーナと離縁させ、マティサを王族として復権させるつもりなのだ。

そのため、婿入り先として、爵位《しゃくい》は高いが力のない家としてダィテス公爵家を選んだ。

しかし、マティサは王族として復権する気も、ミリアーナと離縁する気もまったくなかった。

エチル戦で大敗した際、ユティアス王がマティサとミリアーナを離縁させなかったのは、時期が早すぎたためである。さすがに婚姻から五ヶ月も経たずに離縁させるのは、外聞が悪すぎた。

それは、マティサにとって僥倖《ぎょうこう》だった。

マティサは乱れた前髪をかき上げる。

「オウミ、カイナン、エチルの同盟にハヤサが加盟する」

「それで？」

ミリアーナは尋ねた。

ハヤサが三国の同盟に加盟したがるのは、想定のうちだ。

オウミとはもともと同盟を結んでいるため、エチル、カイナンと誼《よしみ》を結べばよい。

カイナンにはすでに承諾をもらったらしく、あとはエチルに承諾をもらってオウミに話を通せば、四ヶ国同盟となる。

どの国にとっても、損のない話だ。

マティサは話を続ける。

「そうなると、改めて調印式を行う必要があり、同盟を内外に知らしめるため祝宴が催《もよお》される」

「また、名指しで呼びつけられると？」

ミリアーナの言葉に、マティサは頷《うなず》いた。

「たぶんな……トゥール王へ一筆書いたし、どうやらハヤサの中で、この話は俺が言い出したことになっているらしい」

エチルにはハヤサの王太子トウザが出向き、同盟の交渉をしたという。マティサの口利きもあり、おそらく同盟の話はうまくまとまるだろう。

マティサとトウザは、親しい友と呼んで差し支えない間柄である。

マティサはトウザより二つ年上で、王級〝加護持ち〟同士。

五年前、ハヤサがモグワール王家を倒す際に、マティサはハヤサについた。

これに恩義を感じているトウザは、以降、何かとマティサを助けてくれる。

そのため、マティサもたまには力になりたいと思うのだ。

四ヶ国同盟はマティサが言い出したことになっていると知り、ミリアーナは少し驚く。

「あら、そんなことしたの？」

「……祝宴で会った時、トウザにハヤサも一枚噛《か》んでみるかと言ったらそうなった」

深く考えての発言ではなく、その場の思いつきだったのだが、ハヤサが同盟に加入すると、近隣の王級〝加護持ち〟を擁《よう》する国すべてが参加することとなる。そうすれば、あえて喧嘩を売ってくる国はなくなるだろう。

ユティアス王の性格を考えた時、ハヤサが同盟に参加するきっかけを作ったとして、マティサを名指しで呼び出すに違いない。

ミリアーナは、少し遠い目をして言った。

「……その口実、使ってくるわよね」

「たぶんな」

マティサとユティアス王のものの考え方は、よく似ている。

マティサがおとなしくダィテス領に来たのは、ユティアスの考えを読み、自身でもそうすべきだと判断したからだ。場合によっては、早期の離《そ》縁《れ》も仕方ないと思っていた。

しかし似た者親子の意見は、ミリアーナという存在によって食い違うこととなる。

黒髪に黒い瞳。小柄で童顔な公爵令嬢の正体は、世界を揺るがしかねない爆弾だった。

ダィテス――この魔境は、迂闊《うかつ》な者に任《まか》せられない。嫁ともども、他の誰にも渡すわけにはいかないとマティサは考えている。

もはやマティサは、ダィテスに骨を埋める覚悟だ。

ミリアーナは、マティサの目をじっと見つめて言う。

「王様は、婿様にすぐ動ける場所にいてほしいと思っている。でも婿様は、それが国にとって諸刃《もろは》の剣となりかねないと考えているのよね」

「そうだ」

マティサの名前は周囲への牽制《けんせい》になるが、国内を顧《かえり》みると火種になる可能性がある。

オウミには、廃嫡《はいちゃく》に追いこんだ王妃派の貴族がいる一方で、マティサの復権を狙う一派も存在する。

マティサが功績を立てれば復権を狙う一派の動きが活発になり、それに触発された王妃派、もしくはジュリアスを王太子として推す人々との間で争いが起きかねない。

本人の気持ちなどおかまいなしにだ。

マティサは、王太子としての復権を望んでいない。

なぜならば、それはジュリアスを廃嫡させることに繋がるからだ。

ミリアーナの見たところ、マティサはブラコンだった。

もっとも、ジュリアスもブラコンなので問題はない。

互いにいがみ合うことを望んでいない兄弟《きょうだい》だが、己の利益のために乱を起こそうとする者たちは必ずいる。

「面倒ね」

「——とっとと子供でも作れば別なんだがな」

結婚二年目の二人の間に、まだ子供はいない。

マティサの復権を願う者の多くは、マティサの子——第一位王位継承者を自分の息のかかった者に生ませて実権を握りたいと考えている。

しかしミリアーナとの間に子ができればそれも難しくなり、マティサ復権派の情熱は失せるだろう。

「……婿様の考えはわかるけど……もうちょっと身軽でいたいわ」

妊娠してしまうと、どうしても仕事を休まなければならない。生まれたあとには子育てもあり、今までのようにはいかなくなる。

「何かしているのか？」

目を眇《すが》めたマティサが不機嫌に尋ねる。

ミリアーナには、とある前科があった。

それもあり、妊娠しないための何かをしているのではないかと、マティサは疑ったようだ。

「してないわよ。純粋にタイミングが合わないだけでしょう。受精しても着床するとは限らないんだからね」

　必死に弁解するミリアーナに、マティサは怪訝《けげん》な表情を浮かべる。

「じゅせい？　ちゃくしょう？　なんだ、それは」

「そこからか……」

　ミリアーナは肩を落とした。

　この世界では、妊娠の具体的なメカニズムがまだ解明されていない。月のもの――月経があることは知られているが、それがなぜ起きるのかという知識はないのだ。

　ああ、中世期のヨーロッパ文明。

「ぶっちゃけ、懐妊術も絶対じゃないってことです。女性の体は環境に左右されやすいところもありますし――まさか、今日から試そうとか言いませんよね？」

　マティサには、とある前科があった。

　ミリアーナが言うところの懐妊術を知った際、その時期に三日ほど寝室にこもったのだ。

「……悪いが今日は無理だ――嫁、まさかそれを狙って、乱暴な運転をさせたんじゃないだろうな？」

　恨《うら》めしげにねめつけるマティサの眼光を受け止めきれず、ミリアーナは視線をそらした。

「まさか、そんな」

　今回は本当に何もしていない。

　ミリアーナに後ろめたいことはないのだが、『戦神《せんしん》の寵児《ちょうじ》』と謳《うた》われるマティサの眼力は強すぎた。

「なら、なぜ目をそらす？」

「たまたまですわ！」

ミリアーナはそう言って、曖昧《あいまい》に笑った。

第一章　あるはずのない風景

ミリアーナたちが王都からダィテスに帰還した翌日。

前庭に止められた自動車を見て、ナシェルは顔を引きつらせた。

「こ、これに、乗るんですか！」

「そうよ。何か問題ある？」

ミリアーナは不思議そうに首を傾《かし》げた。

ナシェルは同行者を振り返る。マティサは決まり悪そうに横を向いた。

ナシェルが一縷《いちる》の望みを込めてコシスにすがるような視線を送ると、銀髪の麗《うるわ》しき従者は、水色の目を静かに閉じて首を横に振る。

ナシェルは膝から崩れ落ちた。

「大げさな」

ミリアーナは思わず呟《つぶや》いた。

ダィテスをはじめて訪れたナシェルのために、ミリアーナたちは領地を視察することにした。

百聞は一見にしかずと言うが、口で説明するより実際に目で見てもらったほうがよくわかるに違いない。……それにダィテスの技術は進みすぎていて、その目で見なければ、とても信じられない

だろう。

マティサとコシスも、まだダィテスのすべてを把握しているとは言いがたい。

前回、二人を連れて視察をした際に回りきれなかったところに行く予定だ。

しかし、出発前の時点で雲行きはすでに怪《あや》しい。

「大げさじゃありません!! 確かに、これの利便性は認めます！ あれだけの速さで人やものを運べたら、誰でも欲しがるでしょう。大量生産が可能なら、あっという間に広まるに違いありません。特に地方や辺境にいる人間は、喉から手が出るほど欲しがりますよ！」

ナシェルの血を吐くような叫びには、皆思うところがあった。

ミリアーナは、小さく頷《うなず》いた。確かに自動車《これ》の存在が公《おおやけ》になれば、瞬《また》く間に広まるだろう。

ミリアーナの前世の世界で自動車が誕生したのは、近世——十八世紀頃である。日本に持ちこまれたのは、明治時代。

その後、自動車は一国どころか世界中に広まっていった。

美有の時代には、一家に一台どころか複数台所有していても不思議ではないくらい普及していた。特に地方や田舎《いなか》では、自動車がなければやっていられないというほどに。

ミリアーナがそんなことを考えている一方で、マティサとコシスはものすごく気まずい思いだった。

ダィテスでは自動車が量産されており、庶民の中にも所有している者がいる。

セタではミリアーナが規制をかけて個人の所有を禁じているが、それ以外の町や村では、なくてはならない移動手段として重宝されていた。

馬車や荷車のかわりに自動車が走り、乗合馬車に似た、バスと呼ばれる乗り物も定期的に各地を周回している。

その光景をはじめて目にした時、二人は驚いたものだ。

ミリアーナたちが黙りこんでいると、ナシェルは利便性を差し引いても自動車に乗りたくない理由を叫んだ。

「あんな恐ろしいものでは、命がいくつあっても足りません！」

クラリサの運転は、それほど恐ろしかったらしい。

「ひどいですわ！　事故なんか起こしていないでしょう！」

クラリサは涙ながらに訴えたが、彼女を擁護する者は一人もいなかった。

確かに事故は起こさなかったし、誰も怪我をしていない。

しかしながら、連続する曲がり角にスピードを落とさず突っこむのはどうかと——自動車は走る凶器である。

ミリアーナは目を閉じて、溜息《ためいき》をついた。

ナシェルの意見は正しい。

愛をもってしても、庇《かば》えない。

「今日は、私が運転するわよ？　それほど遠くないから、すぐ着くわ」

しばらくナシェルは懊悩《おうのう》していたが、いろいろなものを天秤《てんびん》にかけて決断した。

「わかりました。お方様ならなんとか……」

そう言って、ナシェルは立ち上がる。

「ですから、なぜ！」

「クラリサ殿！　お祭しください！」

抗議するクラリサを、コシスが押しとどめた。


車は五人乗りなので、ミリアーナが運転手を務め、マティサ、コシス、ナシェル、クラリサが同乗する。

この中で運転ができるのは、ミリアーナとクラリサだけ。

今日は、ミリアーナがハンドルを握ることとなった。

マティサに次《つ》ぐ地位にあるミリアーナに、いわば御者《ぎょしゃ》のような役割をさせることに、家臣であるコシスとナシェルは、思うところがあった。

コシスは、運転席に乗りこんだミリアーナに尋ねる。

「わたくしでも、自動車の運転を覚えられるでしょうか？」

マティサの腹心コシス・カティラは、かつてはれっきとした子爵で自分の領地も持っていた。

銀髪に、知的な水色の瞳。硬質の美貌は、婦人たちに溜息《ためいき》をつかせる。

マティサより少し背は高いものの、細身で落ち着いた物腰のコシスは、荒事に縁がなさそうに見える。しかし、これでも軽い〝加護持ち〟。『銀の守り刀』の異名を取る武人であった。

マティサを生涯の主《あるじ》と定めており、マティサが廃嫡《はいちゃく》された際には軍を辞し、爵位《しゃくい》を異母弟《いぼてい》トリスに譲った。そして何もかも捨て、マティサの従者としてダィテスについてきたのだ。

ダィテスに来てまだ二年も経たないコシスは、車の免許を持っていない。

ミリアーナは、コシスの問いかけに答えた。

「あら？　コシスも免許取る？」

この世界には、当然、自動車に関する法などない。

しかし凶器にもなる自動車を無条件で走らせるわけにもいかないので、ミリアーナは免許の制度を作った。

ダィテスには、免許制度と道路交通法が存在する。

コシスは、ミリアーナの言葉に頷《うなず》いた。

「はい。いつまでもお方様の手をわずらわせるわけにはまいりません」

「時間を作って、城の敷地内にある教習所に通うといいわ。操作さえ覚えれば、誰にでも動かせるもの」

とはいえ、コシスがその時間を作るのは難しそうだ、とミリアーナは思った。

マティサの片腕であるコシスは、激務をこなしている。

「まあ、コシス様。わたくしがいつでも運転しますわよ」

「クラリサ殿……お察しください……」

コシスはクラリサに運転させたくないこともあって、運転を覚えようと考えたのだ。

クラリサは、少し考えこむ。

「ええ、わかりますわ。車を飛ばすと爽快ですものね。コシス様も自分で走らせてみたくなったのでしょう？」

「……」

コシスは返す言葉を失った。

「……クラリサって、ハンドル握ると人が変わるのよね……」

ミリアーナは遠い目をした。

クラリサが自動車の運転を覚えたのは、三年ほど前。

ハンドルを握った時のクラリサは、ミリアーナとBL《ボーイズラブ》――男性同士の恋愛について熱く語っている時と同じくらい暴走する。

（あれ？　両方とも私のせい？）

ミリアーナが自動車を開発しなければクラリサが免許を取ることはなく、ミリアーナの腐教《ふきょう》がなければ彼女が貴腐人《きふじん》になることもなかった。

（…………気のせいね……）

この世界では、衆道《しゅうどう》――男色がごく普通にある。

多くの男は女っ気のない戦場でそれらを覚え、日常に持ち越す。

すなわち、両刀は珍しくないのだ。男たちは同性同士の情事を嗜《たしな》む一方で、子孫を残すために女も娶《めと》る。

結婚後、女たちは夫の嗜好《しこう》を黙認するのが普通だ。

ミリアーナはほんの少し男色に興味があり、それを趣味としているだけ。罪などない。

たとえミリアーナがいなかったとしても、クラリサがその世界に足を踏み入れる可能性はあったはず。

クラリサが貴腐人になったのはすべてミリアーナの影響だと、言い切ることはできない。

……たぶん。

「ひどいですわ、お嬢様。わたくし、運転している時に何も変わりませんわよ」

クラリサは、ミリアーナにそう訴えた。

知らぬは本人ばかりである。

「俺も覚えるかな……バイクのほうが面白そうだが、こっちもそれなりに面白そうだ」

ぼそりとマティサが呟《つぶや》けば、クラリサが瞳を輝かせる。

「きっと夢中になりますわ。車を飛ばすのは、とても気分が良いことなのです」

そんなクラリサに、言葉を返す者はいなかった。

◆

鋭《するど》く響く汽笛《きてき》の音、白く噴《ふ》き上がる蒸気。

鉄の巨体を前にして、ナシェルは呆然としていた。

その様子に、マティサとコシスは、はじめて汽車を目の当たりにした時の自分に思いを馳せた。

おそらくそれは、ダイテスを訪れた人間すべてが受ける衝撃だ。

「……なんですか？　……この、恐ろしく巨大なものは……」

ナシェルの口の端は震えている。

「多少は察しているんじゃないの？」

ミリアーナが問いかけると、ナシェルは眼鏡の位置を直しながら呟《つぶや》いた。

「乗りものですか？　……しかし、何で動かしているというのですか？　大きすぎる」

馬車に比べて、汽車は大きい。しかも鉄だ。重量はかなりあるはず。さらに車両をいくつも連ねているのだ。動かそうと思えば、それに見合った大きな力がいる。

「そこまでは、ひ・み・つ。だけどヒントくらいは教えてあげるわ。火の精霊石と水よ」

ミリアーナはナシェルに与える情報を制限した。

いずれ王都のダィテス領館に行ってもらうとはいえ、彼は外国人。信用するには早すぎるので、やはり重要なところは伏せておくべきだろう。

「火の精霊石と水ですか？」

考えこんでいたナシェルは、やがて頭を振った。

「見当もつきません。降参です」

そう言って、あっさりと白旗を振る。

「精霊石といえば、好事家《こうずか》が集めることもあるという魔力を宿した石のことでしょう？　火の精霊石は、常に熱を発するもの。それに水というと、湯を沸かすくらいしか思いつきません。あとは蒸留ですか。しかし、そのあとがわからない。何をするものか……」

精霊石は、魔力の溜まった場所で発見される。精霊のような現象を起こすためそう呼ばれているが、物好きな人間が趣味で集める以外に、用途はなかった。

ミリアーナはいたずらっぽく笑う。

「惜しいわね。あと一歩」

湯を沸かす、というところまでは合っているが、さすがに蒸気機関までは思いつかないだろう。

前世の世界で、本格的に蒸気機関が動力として使われ出したのは産業革命の頃である。

火の精霊石は石炭のかわりだ。石炭よりはるかに長時間使えるので、重宝している。

汽車以外にも、ミリアーナは様々な精霊石を動力源として利用している。

「これはからくりで動いているらしい。とんでもない代物《しろもの》だぞ」

マティサが付け加えた。

「……どのくらいの速さで動くものなのですか？　規模が……自動車の比じゃありません」

汽車に乗りこむ人や積みこまれる荷を見て、ナシェルが尋ねた。

「……馬よりはるかに速い」

マティサの答えに、ナシェルは絶句した。

「話は車内でもできるわ。汽車が出ちゃうから、早く乗りましょう」

ミリアーナは一行をせかして、汽車に乗りこんだ。

ミリアーナたちには、特別なコンパートメント席が用意されていた。

一行はそこに腰を落ち着け、目的地に到着するまでの間、ナシェルのために領地内の実態を説明することにした。

渡された資料の束に目を通し、ナシェルは唸《うな》る。

クラリサが用意してくれた茶を一口飲んでから、ミリアーナは口を開いた。

「質問なら受けつけるわよ？」

ミリアーナが水を向けると、ナシェルはやっと顔を上げた。

「この農地というのは、休耕地を含めたものですか？　しかし農地の面積に対して、農民の数が少なすぎるような……。それにこの税率で、この収益というのは……あり得ない……収穫量が多すぎる？　数字に何か不備があるのでは？」

さすが一国の中枢にいた男である。

真っ先に、ダイテスの収益のおかしさに気づいた。

ダイテスをはじめて訪れた時、マティサもコシスも、この点についてすぐに指摘した。農地の面積に対して、労働力たる農民の数が少ないのである。

この世界では、二圃式《にほしき》、または三圃式《さんぽしき》農業が行われることが多い。二圃式ならば農地を二つに、三圃式ならば農地を三つに分ける。そのうち一つを休耕地として残りで耕作を行い、これを一年ごとに入れかえるのだ。

しかしその農法が用いられている場合、税率の割には収益が多すぎる。

常識的な考え方では、数字のつじつまが合わない。

収益を水増しして報告しているか、農民の数を実際より少なく記載しているか。はたまた税率をごまかし、実際には農民を酷使《こくし》していると思うだろう。

実は、そのどれでもない。

「数字に間違いはないわよ」

ミリアーナの答えに、ナシェルは納得しなかった。

「しかしこの数字では、農地面積に対して収穫が多すぎます。労働力も少なすぎる！」

「農民の数はそれだけよ。ただ――ダィテス《ここ》には特別なものがあるの」

「あ――」

ナシェルの唇が震えた。

「今日も自動車に乗ったでしょう？　あの動力と同じものを利用した機械――からくりがあるのよ。それによって、作業効率が人力とは比べものにならないほど上がったわ」

農作業機械の導入により、作業効率は飛躍的に伸びて、農民一人が作業できる農地面積も増えた。メンテナンスと動力補充の関係で、機械は領主からレンタルする形を取っている。とはいえ、農民にいきわたるだけの数はある。

目を見開くナシェルに、ミリアーナは言葉を続けた。

「それに――一年も休耕している農地なんて、ダィテスにはないわよ」

ミリアーナは、この世界の常識を打ち砕いた。

「ねえ、もし同じ農地で毎年耕作ができるとしたら、どう思う？」

ナシェルは呆然としながら、答えを返した。

「それは——農地面積が三分の一増えた、あるいは倍になったのと同じです……。そんな農法が……お方様は自分が何を言っておられるか、理解されていますか……」

ミリアーナはいたずらっぽく笑う。

「もちろんよ」

ミリアーナの知識を利用すれば、毎年の耕作どころか二毛作《にもうさく》も可能である。二毛作とは、同じ耕地で一年間に二種類の作物をつくること。これでダィテスの収穫は格段に増えたのだ。

彼女が前世の知識を活用しはじめた一因は、ダィテスの貧しさにある。

ミリアーナが七歳の時、今世の母が病死した。日本で暮らした記憶を持ち、精神的には成熟していたものの、彼女は母の亡骸《なきがら》にすがって泣いた。本当の小さな子供みたいに。

もし医学が前世のように発達していたら——そう思わずにはいられなかった。

そもそも、ダィテスが豊かで衛生的であれば、母は病気にならずにすんだかもしれない。

この世界では病気の治療もままならず、予防の知識すらない。

前世でも伝染病が流行《はや》り、多くの犠牲者が出ることがあった。

けれど、人々はそのままにしておかなかった。長い時間をかけて、治療法や予防法を見つけていったのだ。

その一部の知識がミリアーナの中にある。

実行可能なものだけで、どれだけの人間が助かるか。

ミリアーナにも、異世界の文化を持ちこむことにためらいはあった。

時代の文化レベルに合わせて、こちらの人間が一つひとつ見つけるべきものではないかと。

しかし母の死をきっかけに、ミリアーナはそのためらいをはるか彼方《かなた》に投げ捨てた。

知識を活用して何が悪い。

ダイテスを豊かにし、文明を発展させる。

ミリアーナはそう決意した。

事を起こすには資金が必要だったが、幸いなことに、領内には海より濃い塩分を含んでいる湖——塩湖《えんこ》があった。

海を持たないオウミでは、塩で一財産を築くことが可能だ。

人は、塩なくして生きていけない。

前世でも、塩は特別な扱いをされていた。

塩作りを父にすすめて資金を得たミリアーナは、それを元手に領内で事業を起こした。

どういうものがあれば便利か、一方それが起こす問題点は何か。

その解決策は、歴史の知識としてすでにミリアーナの中にあった。

彼女は、最初から最善の策を講じて物事を進めることにした。成功することはわかっている。

まず着手したのは、農業改革。少しの不作で餓死者が出るなど、冗談ではない。

ありあまるほどの食糧を作り、それを加工保存できる技術を伝える。

それだけでダイテスの経済は豊かになった。

仮に不作で一年ほど農作物が取れなくとも、餓死者は出ないだろう。保存食料がある。

そうして食糧の問題が解決すれば、今度は人材の育成に乗り出した。

とにかく、教育を受けた優秀な人材が欲しい。

何をするにしても、ミリアーナには自分のかわりに働いてくれる人間が必要だったのだ。

食糧の大量生産、人材の育成、技術の再現と発展。やるべきことは尽きない。

それらによって、ダイテスの文明は数百年ほど進んだ。

もっとも、すべてはこの世界でありえないことなのだが。

ダイテスでは毎年同じ農地で耕作できると知り、ナシェルは頭をかきむしった。

「戦争を起こさず国土を増やしたのと同じですよ！　それも三割から倍！　一人の犠牲者も出さず！　どんな英雄ですか！」

英知は、時として武勇をはるかに超える功績を残す。

興奮気味に叫んだナシェルだったが、次の瞬間、はっと息を呑んだ。

「……この技術……まさか……カイナンが無条件で同盟を結んだのは……あ……ありうる……そんな技術なら、どこの国も欲しがる……」

「あらまあ、気づいちゃった？」

ミリアーナはナシェルの勘の良さに感心した。今までの話だけで、三国同盟の裏の事情にたどり着いてしまったのだから。

「黒幕はあなたですか！　というか、なんてものをカイナンに渡したんですか！　武力に加えて経済面でもカイナンが充実したら、オウミにとって脅威《きょうい》になるでしょうが！」

「それはないわね」

ミリアーナは、ナシェルの懸念《けねん》をすぐさま否定した。

「同じだけの国力を持つ相手国が、同じ技術を手にしていると知っていたら、いくら経済が改善したからといって戦争を仕掛けるかしら？」

ナシェルは苦虫を噛《か》み潰したような顔をした。

「それは――ないですね。相手も同じだけ力をつけることがわかっている。特出していなければ、その技術を持っているということは有利に働かない――もしかして、カイナンの目の前でエチルにも同じ技術を渡しましたか？　そうなら、同じだけの国力を持つ二国を同時に相手にする覚悟がないと戦争など起こせない」

「よくできました」

ミリアーナはナシェルの答えに合格点をつけた。

「……どんな化《ば》けものですか、あなたは……」

ナシェルのミリアーナを見る目は、明らかに変わっていた。

「ナシェルさん、ひどい！　か弱い女を化けものだなんて！」

ミリアーナは抗議する。

「言っときますけど、これらは私の発明じゃありません！　私が調べたものを、こっちの技術者に再現してもらっただけですから！　元があります！」

ナシェルは不思議そうな顔をした。

「お方様が調べられたのですか？　どこの国の知識なんです？」

「行くこともできない遠い異国よ。日本とか、アメリカとか、ヨーロッパとか」

「確かに、聞いたことのない国名ですね」

海洋国ランカナの副宰相だったナシェルでも、そんな国名は知らなかった。

「もし僕がランカナにいた時に、あなたの存在を知っていたら――脅威《きょうい》と感じたでしょうね。農業技術や、汽車に自動車――いえ、水道や湯沸かし器一つでも、世界を変えかねない」

ナシェルは、セタの城の客室でもオーバーテクノロジーを目にしていた。ダィテスに来てからというもの、彼は驚きっぱなしである。

「技術は世界を変えるけど、私が世界を変えることはないわよ？」

ナシェルの言葉に、ミリアーナは首を傾《かし》げて答えた。

「発明したのが別の方でも、今ここに技術をもたらしたのはお方様です。それに、おそらくお方様にはまだ知識がある様子――」

首を横に振りながら言うナシェルに、ミリアーナは苦笑する。

「まあね。まだ手が回らないものがあるのは確かかね」

「……もしお方様の実態が外に知られたら、奪い合いになりますよ」

ナシェルは、真剣な表情で呟《つぶや》いた。

こうして視察の旅がはじまった。日程は、五日を予定している。

農場や一部の工場、公共施設の見学がメインだが、ミリアーナは後半の訪問場所に、精霊石の採掘場と軍の火薬武器演習場を組みこんだ。

◆

視察の間、ダィテスが誇るオーバーテクノロジーの数々にナシェルは何度も絶句した。

しかし、現在目にしているそれは格別だった。

ダィテス最北端には山脈——竜骨がある。

そのふもとにて、ナシェルは再び魂《たましい》が抜けたような表情を浮かべていた。

「なんですか……これは……」

山から吹き下ろす風に、ミリアーナの黒髪がなびく。

「ロープウェイよ」

一行の前には、巨大な鉄の主柱がいくつも立っている。

鉄製の綱《つな》が渡された支柱は、山の上まで続いていた。

「嫁……さすがに、これは驚くぞ……」

マティサも、ロープウェイの先を見て絶句した。

「お方様……もしやと思いますが……その箱に乗って、宙吊りで山まで運ばれるのですか？」

「コシス、正解♪」

ミリアーナは楽しそうに答え、侍女のクラリサも笑みを浮かべている。

男たちは、もう一度ロープウェイの行き先に目を向けた。

マティサは、頭痛をこらえるように額を押さえて呟《つぶや》く。

「山を登るにしては軽装だと思ったが……こんな仕掛けがあったとは」

コシスは溜息《ためいき》をつき、ナシェルは頭を抱えた。

ダィテスの動力源は、精霊石に頼るところが大きい。そして精霊石は、竜骨からも採れる。

採掘現場の視察をするということで、マティサは、竜骨のどこかへ行くに違いないと考えていた。

しかし、こんな乗りものがあったとは。

「これで採掘場の近くまで、すぐ行けます。そこからは、専用の車両で現場に向かいますよ」

「……簡単すぎる……嫁……もしや竜骨も越えられるんじゃないか？　これは……」

マティサの問いかけに、ミリアーナは顔をしかめた。

オウミ北端の竜骨山脈。

これを越えることは不可能とされてきた。

それゆえに、竜骨を越えての侵略を企《くわだ》てた者はほとんどいない。

また、ロープウェイにはあまり大人数は乗せられない。

軍隊の移動手段にしようと思ったら、駅の側に待機場を作り、何度も往復しなければならない。物資の運搬も難儀《なんぎ》だ。

そうして駅に行けたとしても、山頂までかなり距離がある。さらに竜骨を下るとなると、現在の装備では犠牲者が出るだろう。

「それはちょっと……難しいと思いますよ。途中まではロープウェイで行けますけど、そこからが大変です。行軍はさすがに無理でしょう。初代のダィテス公爵は、それを懸念《けねん》していましたけどね」

ミリアーナの言葉に、マティサは片眉を上げた。

「初代がか？」

「ええ」

ミリアーナの先祖――初代ダィテス公爵はもともと王族であった。さかのぼれば、マティサと祖を同じくする一族だったのだ。

ダィテス公爵となった王子は、戦上手《いくさじょうず》で知られていたらしい。しかし、さらなる武功を立てることを恐れた政敵により、未開の北の地に封ぜられた。

ダィテス公爵家の紋章『麦《むぎ》をくわえた鳩《はと》』は、平和を象徴する。これは、王家に反逆する意図がないと示している。

一方で、ダィテスの玄関口とも言える最南端に居城《きょじょう》を築き、有事に備えていたというのだから、気概《きがい》ある人物であったことは想像に難《かた》くない。

「ご先祖様はおっしゃったそうです。ハンニバル将軍はアルプスを越えてローマに大打撃を与えた。同じことをする人間がいないとは限らない。備えは怠《おこた》るなと……」

マティサは首を傾《かし》げた。

「すまん、嫁。故事になぞらえていることはわかるが、ハンニバルもアルプスも聞いたことがない。ローマなどという国はあったかな？」

ふうっとミリアーナは溜息《ためいき》をついた。

「知らなくて当然です。ダィテス家でも代々謎の言葉とされてきましたが、これは『行くこともできない遠い異国』の故事です」

その言葉を聞き、マティサは顔を引きつらせた。

『行くこともできない遠い異国』は、二人が用いている異世界の隠語である。

初代ダィテス公爵がその異国の故事を知っていたということは――

「それを聞いた時、私は思いました。ご先祖様も同類かい！　と」

ミリアーナは天を仰いだ。

ハンニバル・バルカは、美有のいた世界で紀元前に活躍した人物である。

古代都市国家カルタゴの将軍で、戦術の天才として恐れられた。

ハンニバル将軍の輝かしい戦歴の中でも、アルプス越えは有名である。多くの犠牲者を出しながらもハンニバルはアルプスを越え、当時の強大国家ローマに大打撃を与えた。

竜骨をアルプスになぞらえたことから、初代にも美有と同じ世界の知識があったとわかる。

生まれた時代や国はわからないが、初代もまた転生者だ。

「いまだ竜骨を越えた軍隊はいませんけどね」

ミリアーナは小さく息を吐いた。

幸いなことに、この世界にハンニバル将軍はいない。

竜骨を越えた先にあるのは好戦的な軍事国家らしいが、彼らをしても竜骨を越えることはできないという。

「まぁ、越えてきたら、それはそれで対処の仕方がありますけど」

ダィテスの北端にも、砦《とりで》を築いている。

相手国が常識外れの戦法を取った場合も想定し、それなりに対応策は練ってある。

「火薬武器《あれ》を使うのか？」

「ええ。文字通り火力が違いますよ」

ダィテスの外で用いられているのは、剣と槍《やり》、弓矢などの原始的な武器だ。

美有のいた世界では中世後期にハンドガンや火縄銃《ひなわじゅう》が誕生したが、こちらの世界では、まだどちらもない。

そこに、時代を飛び越えてカノン砲や機関銃を用いればどうなるか。

その戦力差は、想像を絶するものになるだろう。

「――――怖いな……」

苦悩した末、マティサはぽつりとこぼした。

「あれとはなんですか？」

火薬武器の存在を知らないナシェルが、マティサの言葉を訝《いぶか》しんだ。

「視察の最後に見せてあげるわ」

ミリアーナは、火薬武器演習場を最後の視察場所にした。

ダィテスの実態を知るのなら、外せない場所である。しかし、火薬武器《それ》が与える衝撃もわかっているので、最後とした。

「それじゃ、乗ってください。発車できないでしょう？　あなたたちも来なさいよ」

ミリアーナが言うと、何もなかった一角に二つの人影が浮かんだ。やがて姿が明瞭《めいりょう》になる。

一人は黒髪に黒い瞳、口ひげを蓄えた端整な顔立ちの男。

もう一人は茶色の髪に茶色の瞳、背は高めだが特徴の一切ない若者。彼はどこにでもいる村人のような格好をしていた。

ダィテスの密偵——カズル・ツナガとセイである。

二人はオウミの人間ではないが、諸々《もろもろ》の事情により現在はダィテス公爵家に仕えている。

ミリアーナの言葉に、カズルが苦笑した。

「小生《しょうせい》たちもそれに乗るのですかな？」

「そうしないと、護衛できないでしょう？」

普段、二人はダィテスで密偵たちの教官役を務めている。しかし主《あるじ》たちが視察に赴《おもむ》くにあたって、陰で護衛をしていたのだ。

セイは、地味な服装に身を包めば群衆に紛れてしまう。

カズルは彼より洒落者《しゃれもの》だが、特殊能力により誰にも見咎《みとが》められることはない。

二人とも軽い〝加護持ち〟だ。

セイは足の速さや跳躍力に優れており、カズルは幻術で周囲の人間の認識を攪乱《かくらん》して姿を隠すことができる。

魔術師のカズルが目と耳のかわりとなる幻を飛ばして一行を見張り、何かあればセイが駆けつける。そんな役割分担をしていた。

「……もう、なんでもありっすね」

セイはロープウェイを見ながら、男にしては高く澄んだ声で呟《つぶや》く。

彼は『早風《はやかぜ》』と呼ばれるカイナンの密偵だったが、ダィテスで捕らえられた。

その後、領防衛軍の長官エドアルド・アムールの策略により、母国の密偵組織から裏切り者と認定されてしまい、庇護《ひご》を求めてダィテスの密偵となった。

ダィテスのことをある程度は知っているが、すべてというわけではない。ロープウェイに乗るのも、精霊石の採掘現場を見るのもはじめてである。

ロープウェイが動き出すと車両は宙吊りになり、山肌を見下ろす形になった。

窓からは、高い木々の先端が見える。

「まさかこんな光景が見られるとは……」

窓の外を見やりつつ、マティサが唸《うな》った。

コシスも窓に張りついて呟《つぶや》く。

「まことに……山頂からの展望とも、また違いますね」

「これに乗る時は、いつも展望が楽しみなのですわ」

クラリサは、にこにこと風景を楽しんでいる。

そしてナシェルにいたっては、声もなかった。

「絶景ですな」

興味深そうに景色を見下ろすのは、カズルだ。

カズル・ツナガの母国は、とうに滅びているらしい。

『亡国のカズル』という二つ名は、滅びた母国に義理立てしてどの国にも仕えない、流しの密偵だったことに由来する。

しかしダィテスの罠《わな》に捕まり、防衛長官の説得によってダィテスに仕えることとなった。

彼は自分の過去を語らないが、家名を持つあたり貴族の出ではないかと推測される。

博識で知識欲は旺盛《おうせい》。セタ城の書庫によく足を運ぶ。

幻術が使えるだけの取るに足りない魔術師と本人は言うが、その能力を最大限に活《い》かせる頭脳がある。

情報を探るという点については、他の追随《ついずい》を許さない。

車両からの景色に目を奪われる面々に向かって、ミリアーナは自慢げに言った。

「いい眺めでしょう？　はじめての人は大体驚くわ」

「そりゃ驚くっすよ。いつか空も飛びそうっすね」

セイが複雑そうな顔で答える。

「あ～空ね……」

ミリアーナは言葉を濁《にご》した。

「まさかとは思うが、嫁……できるのか？」

「え～、今の時点ではできませんよ。さすがに、そこまで万能じゃないですし。何事にも限度があります」

ミリアーナがマティサの言葉を否定すると、なぜか皆、あからさまにほっとした顔をした。

（……飛行機の開発はリスクが大きいから手をつけてないだけ、というのは黙っておこう……）

ミリアーナは、こっそり心に決めた。

プロペラ機の設計図は頭の中にあるのだが、その開発には大きな危険が伴う。

今のダィテスの技術力では設計がかなり難しいし、蒸気機関車やロープウェイのように、秘密にしておくことはできないだろう。

熱気球か飛行船であれば、開発が可能かもしれない。とはいえ、こちらも秘密裏《ひみつり》に事を進めるのは厳しそうだ。

それに、墜落《ついらく》すれば大惨事《だいさんじ》になる。

あらゆるリスクを考えると、今はまだ開発する時期ではない。

ミリアーナは、このように時期尚早《じきしょうそう》だと判断した技術を密かに書きとめている。

後世のダイテス発展に期待し、知識を残しているのだった。

「そういえば、セイ君、カズルさん。せっかくダイテスに帰ってきたのに、付き合わせちゃって悪かったわね」

二人の通常業務は、密偵たちの教育。城の警備をすることもあるが、毎日家に帰れる業務だ。しかし、今は二十四時間、一行の護衛をしている。

「出張は歓迎するっすよ……」

セイが目をそらしながら言った。

彼は、領防衛軍のエドアルド長官の屋敷で同居を余儀《よぎ》なくされている。

エドアルドは、男色家で加虐趣味を持つ。エドアルドは権力を行使して、虜囚《りょしゅう》だったセイを手に入れたのだ。

本人《セイ》いわく、不本意な関係らしい。

なので、仕事で長官から離れられることをセイは喜んでいる。

(強く生きてください。助けないけど)

ミリアーナは心の中で手を合わせた。

「小生《しょうせい》には興味深いことばかりで、むしろ楽しんでおりますが……リオには少々寂《さび》しい思いをさせているかも知れませんな」

リオというのは、カズルがカイナンで拾ってきた十一歳の子供である。

口減らしのため山に捨てられたらしいが、なんとミリアーナと同じ転生者だった。

二十二歳の時、交通事故で死んだ潮《うし》梨《お》緒《り》。それがリオの前世だ。

今は、こちらの世界風にリオ・ウシオと名乗っている。親がつけた名前はあるはずなのだが、山に捨てられた時にその名前を捨てたらしい。

梨緒は美有と同じくOLで——腐女子だった。

絵師を自任し、漫画やイラストを描いていたという。

現在は、ダィテス領内で腐教《ふきょう》に努めるミリアーナのもとで、漫画を描いたり小説の挿絵を担当したりしている。

描くのはもちろんBL。

いろんな意味でミリアーナの同志であった。

リオは拾ってくれたカズルに特別な思いを抱いているのだが、二十ほど年上のカズルにはまったく相手にされていない。

カズルにとって、リオは単なる養《やしな》い子なのだ。

「……寂しがってるかもしれないけど、たぶん、カズルさんの考えているものとは種類が違うわ」

転生腐女子リオが恋するのにふさわしい年齢になるまで、あと数年はかかるだろう。

精霊石の採掘場は、山の中腹よりやや上にある。

元は天然の洞窟《どうくつ》で、ミリアーナ指揮のもと、さらに掘り進められた。

ロープウェイの駅近くまでレールが引かれていて、そこからは運搬用のトロッコが走っている。

「さすがに、もうこれくらいでは驚かんぞ」

「さようにございます」

ロープウェイに比べたらインパクトが薄かったようで、マティサとコシスはたいして驚かなかった。

「すれたわね」

ミリアーナは少し残念だった。

ナシェルとカズルは、トロッコの仕組みに興味津々である。

特にナシェルは、機械に関心があるようだ。

先の視察でも、機械化された工場でいろいろと調べていた。

「ここは、風の精霊石の採掘場です。火の精霊石はちょっと危険なので、視察には比較的安全な場所を選びました。洞窟《どうくつ》の中には、魔力溜まりがあります。魔法から身を守る呪布《じゅふ》の外套《がいとう》を着用しますが、気をつけてくださいね。精霊がいたりしますし。あと軽い〝加護持ち〟の人は、魔力酔いをするみたいですね」

そもそも、精霊石は魔力溜まりでしか採れない。

普通の人は精霊石の発する現象の影響を受ける程度だが、〝加護持ち〟の中には具合がおかしくなる者がいる。すさまじい高揚感を感じて、酩酊《めいてい》状態になるのだとか。

比較的、加護の程度が軽い者が危ないらしい。

王級〝加護持ち〟のマティサは大丈夫だろうが、この中ではカズルが一番心配だ。

「魔力酔いでございますか。あれは、まあ、身の内に魔力が溜まるだけのこと。魔法として使ってしまえば問題ありませぬ」

しれっとカズルが言った。

「あれ？　経験あるの？」

「ございますな。小生《しょうせい》が思うに、あれは王級〝加護持ち〟でいうところの『キレた』状態に近いのではないかと」

「そうなの？」

「小生は王級ではございませぬが、力に酔うところは同じでないかと推測いたしまする」

カズルはいろいろと経験しているようだ。

ミリアーナは首を傾《かし》げて言う。

「私は王級〝加護持ち〟じゃないし、『キレた』こともないからわからないわ」

その言葉に、マティサとコシスは複雑な表情を浮かべる。

本人は気づいていないが、ミリアーナは記憶に加護を持っていると二人は考えていた。

一行がトロッコに乗りこむ前に、クラリサは外套とヘルメットの載った手押し車を差し出した。

「落石の危険があるので、全員これをかぶってください」

ミリアーナはそう言って、皆にヘルメットを配る。

それを手に取ったマティサは、不思議そうな顔で尋ねた。

「嫁、これはなんだ？」

「ヘルメットです。頭を守るものですよ」

「いや、防具なのはなんとなくわかるが、これは？」

マティサが指差したのは、ヘルメットに書かれた『安全第一』の文字だった。

「それは漢字という文字です。『あんぜんだいいち』と書かれています」

ミリアーナが日本語で『安全第一』と発音すると、マティサはなおも問いかける。

「意味は？」

「安全が一番大事って意味で、おまじないみたいなものですよ」

「そうか」

マティサは納得したように頷《うなず》いた。

「ずいぶんと作業者に気を使っている職場だな」


ミリアーナたちを乗せたトロッコは、採掘場の内部に進んだ。

精霊石の影響で風がうずまいていたが、外套《がいとう》のおかげで一行には関係がなかった。

むき出しの岩肌には支柱が立てられていて、落盤《らくばん》に備えている。

トロッコは、その真ん中を進んだ。

「これはまた……」

カズルがあたりを見まわした。

時々、何かを避けるような仕草をする。

「視《み》える？」

ミリアーナが聞くと、カズルは苦笑する。

「さよう。かなりの魔力溜まりですな。そこらじゅうにございますよ」

魔術師であるカズルの目は、宙に漂う濃い魔力を捉《とら》えていた。

残念ながらその光景は、精神に魔力を宿した〝加護持ち〟にしか見ることができない。

魔力溜まりに突っこんでも避けようとしない一行を見て、知らないとは恐ろしいとカズルは思った。

洞窟《どうくつ》の途中には、ところどころに石の塊《かたまり》が放置されている。

「あれは？」

カズルの問いかけに、ミリアーナが答えた。

「あれは寿命っていうんですか？　魔力を使いきった精霊石です。同じ属性の魔力溜まりに放置しておくと、なぜか数年で再び現象を起こすようになるんです。だから、できるだけ長く置いておくんですよ。最近では採掘よりも、この再利用のほうが多いですね。改めて採掘できないわけじゃないんですけど、こっちのほうが確実なので」

採掘を続ければ、いずれ自然破壊を引き起こしかねない。

魔力の溜まる地形がなくなると、精霊石は取れなくなる。

今ある資材を再利用できたほうが、自然には優しい。

「大規模な採掘場ですね。ダィテスの……オーバーテクノロジーと言うんでしたよね？　精霊石がその原動力なら、当然かもしれませんが」

ナシェルは現場を見てそう評価した。

彼はごく普通の人間なので魔力は視《み》えないが、洞窟《どうくつ》の深さや周囲の様子で規模なら推測できる。

「あら。案外、冷静ね」

「もう驚きつくしましたよ。このあと、よほどのことがなければ取り乱さないと思います」

眼鏡を直しながらナシェルは呟《つぶや》く。

「それはどうかしら」

ミリアーナはいたずらっぽく笑った。


精霊石採掘場の視察は、つつがなく終了した。

一行はトロッコでロープウェイの駅まで戻り、ヘルメットと外套《がいとう》を返却した。

そして再びロープウェイに乗り、ふもとに下りる。

一行の次なる目的地は、火薬武器の演習場である。

演習場を訪れたナシェルの反応は、一行の予想通りであった。すさまじい衝撃を受けたらしい。

その後、視察を消化した一行はセタの城に帰還した。

すべてはミリアーナの予定通りである。

第二章　とある日常

五日間の視察を終えてセタの城に帰ってきた一行は、それぞれの日常に戻った。

マティサとミリアーナは内政の仕事。

コシスとクラリサはそれぞれその補助に回る。

ナシェルはニナイ長官の下で仕事を覚えることになり、カズルとセイは密偵の教官としての仕事がある。

ミリアーナたちは、王城で開かれた春の祝宴からランカナ戦の終結までを王都で過ごし、帰還後はすぐ視察に出た。そのツケは山積みの仕事という結果になって返ってきた。

それでも、ダィテスには優秀な人材が多い。思いのほか少ない日数で、通常の業務にまで持ち直した。

余裕が出てくれば、ミリアーナはライフワークともいえる趣味に時間を取ることができる。

「だからね、僕としては、リオちゃんの描くセイ君は本人と認められないからねっっ！」

エドアルドが憤慨《ふんがい》した様子で断言する。

ダィテスの防衛長官を務めるエドアルド・アムールは、ふわふわの金髪に大きな碧眼《へきがん》の男である。

小柄で美少女顔をした彼は、同性愛者で加虐趣味を持つ変態だった。

立派な腐男子《ふだんし》であり、ミリアーナに数々のネタを提供してくれる。

だが、今回リオの描いた漫画については物申したいようだ。

「ひどいわっ！　どこがいけないというの！」

リオが涙目で訴える。

リオは十一歳の少女なのだが、前世では二十二年間の人生経験がある。

前に暮らしていた世界で同人活動をしていたリオは、この世界ではじめて漫画を描いた人間だった。描くのはＢＬだ。

カズルに恋するリオだが、恋愛と趣味は別の話。

セタの城の編集部に集まった侍女たちは、エドアルドとリオのやり取りを見て、こそこそと何か囁《ささや》き合っている。

ミリアーナは、リオの描いた原稿を眺めた。

「う～ん、私としてはよく似せてると思うけど？　ほらっ、セイ君って特徴がないから、逆に似せづらいのよね。それでもセイ君とわかるぐらいには描けてるわよ？」

ダィテスの密偵組織の中で、おそらく最強の戦闘力を持つセイ。

『早風』とも呼ばれる彼は、独特の顔立ちをしていた。

普通のパーツが普通に並んでいて、あげるべき特徴が一切ない異相《いそう》。

そういう顔は、逆に描きづらい。

それを思えば、一目でセイとわかるように描けるリオは、たいしたものだといえる。

「顔はねっっ！　顔はセイ君と認めますよ！　でもっ、でもこれはセイ君じゃない！」

どうしてわからないんだっ、とエドアルドは身悶《みもだ》えた。

ミリアーナは首を傾《かし》げる。

「何が不満なの？」

「不満ですよ！　これはセイ君の一番の特徴が描けていない！　僕は、これをセイ君とは認めないからね！」

エドアルドはそう言って、机の上に置かれた通信機を引っつかんだ。

「セイ君！　お方様の仕事部屋に大至急来なさい！　繰り返すよ！　セイ君、お方様の仕事部屋に大至急来なさい！　これは長官命令だからねっ！　来なかったら今晩お仕置きだよ！」

エドアルドの言葉は、城内放送となって流れる。

「〜〜〜エドアルド……」

ミリアーナは呆れ果てた。

城内中に何を流すのか、この男は。どうせ来ても来なくてもお仕置きするくせに。


エドアルドが城内放送を流す少し前——

セイは、密偵たちの教育と自己の鍛錬《たんれん》をかねて、セタの城に作られた演習場で訓練に励んでいた。

手合わせがはじまると、セイはとたんに暇になる。

密偵の見習いたちは、セイとの手合わせを避けるからだ。

セイは〝加護持ち〟である。

しかし加護は強いものではなく、単に足の速さと跳躍力が人並み外れているだけだ。

体力は鍛《きた》えた普通の人間と変わらない。不眠不休、飲まず食わずで戦い続けられる王級〝加護持ち〟のような化《ば》けものじみた体力はなく、休憩も睡眠も必要だ。

セイは、そんな自分を中途半端だと感じていた。

ただ、足の速さが王級にも勝るとも劣らないところが、厄介である。

カズルでも、セイを相手にする際は幻術を使わなければ分が悪い。

訓練中、見習い密偵たちが手合わせしている間は、セイにとって反復練習の時間となる。

敵を想定した的《まと》に牽制《けんせい》のため刃物を投げうち、目標の懐《ふところ》に飛びこもうとした時――城内放送が流れた。

『セイ君！　お方様の仕事部屋に大至急来なさい！　繰り返すよ！　セイ君、お方様の仕事部屋に大至急来なさい！　これは長官命令だからねっ！　来なかったら今晩お仕置きだよ！』

セイはすっ転んだ。

「何やってんすか！　あのド変態！」

セイは跳ね起きて、演習場を飛び出した。

エドアルドが本気だとわかっているからだ。

突然の城内放送と風のように去っていったセイに、見習いたちの動きは止まった。

「やれやれ……」

カズルは溜息《ためいき》をつくと、セイが落としていったクナイを拾い上げる。

「諜報部《われら》が長官殿は、もう少し真面目に仕事をすべきだと思うがね」

呟《つぶや》いたカズルは、的を見もせずクナイを放つ。そのクナイは、見事に的のど真ん中を貫《つらぬ》いた。

その的が誰のかわりなのかは、秘密だ。


エドアルドがセイを呼び出すと、すぐに廊下が騒がしくなり――編集部の扉が力任《ちからまか》せに開けられた。

「城内放送で何言ってんすか！　城中に流れたっすよ、今の！」

憤慨《ふんがい》と羞恥《しゅうち》に顔を赤らめたセイが、エドアルドを怒鳴りつける。

ダィテス領内にいる時、セイは密偵の教官を務めつつ、場合によっては護衛や細作《さいさく》として働く。

彼の首に巻かれているのは、覆面《ふくめん》にもなるスカーフ。

丈の短い長袖の上着に手袋をはめ、大腿部《だいたいぶ》のあたりがゆったりとしたズボンと、ふくらはぎまである履物を身につけている。

これは、セイのいわゆる忍び装束《しょうぞく》だ。

全身黒ずくめで、顔以外はすべて包み隠している。

「なんの用っすか？　大至急って言うから訓練放り出してきたんすけど？」

エドアルドは、嬉しそうに頷《うなず》いた。

「うん。すごく大事な用件だよ、セイ君。訓練って言ったって、どうせ手合わせの時間は暇でしょう？」

「あら、どうして？　手合わせなら忙しいんじゃないの？」

ミリアーナが不思議そうに尋ねると、エドアルドが答えた。

「セイ君が強すぎて、手合わせになんないんですよ。この前も、新しく雇った教官役の子がセイ君に弄《もてあそ》ばれてました」

「人聞きの悪いことを……誰のせいだと……」

セイが唸《うな》る。

ミリアーナたちが王都にいる間、教官役のいなくなったダィテスでは、エドアルドが新しい教官役の密偵を雇い入れた。

セタの城に忍びこんだところ、〝曲者《くせもの》ホイホイ〟に引っかかった密偵である。

ちなみに〝曲者ホイホイ〟とは、ミリアーナ発案で作られた防犯装置だ。迂闊《うかつ》に触れれば感電して気を失う。

捕らえられたのは、ナシタ――『餓狼《がろう》』の二つ名を持つ流しの密偵。現在、呪式《じゅしき》を入れられて教官役をしている。

ダィテスでは捕らえた密偵のすべてに、魔術師が呪式を入れる。発動者が特定の呪符《じゅふ》を使用した場合、対象が自害しようとした場合、対象がオウミから出ようとした場合に魔法が発動。全身の力が抜けて動けなくなるのだ。

新たな教官役となったナシタだが、なぜかセイに絡んでくる。

件《くだん》の手合わせも、ナシタの希望だった。

どうやら、エドアルド絡みで何かあったらしい。ナシタは何かを誤解している。

彼から悪意を感じたセイは、少しばかり本気で相手をした。

「まあ、あの子にはそのうち僕がお仕置きしておきますよ」

エドアルドは、にっこりと笑って言った。

一見、美少女のようなこの長官。しかし実はカズルより年上で、男色に加虐趣味を持つ変態だとは、なかなか信じられないだろう。

エドアルドの言葉を聞き、セイは心の底からナシタに同情した。

かといって助ける気はない。

誰しも自分の身が一番かわいいのだ。

ちょいちょいとエドアルドに手招きされて、セイは嫌そうに部屋に入った。

「なんすか?」

エドアルドは満面の笑みで告げる。

「脱いで」

セイは目を丸くして——すぐさま踵《きびす》を返した。しかし、その面前で侍女が扉を閉める。

「あ……」

赤毛で三つ編みの侍女と金髪の侍女が、扉の前に立ちはだかった。

ここを通りたければ、屍《しかばね》を越えていけと言わんばかりに。

顔を引きつらせたセイが振り返る。

そこには、親指を立てた変態がいた。

「うふふふふっ、ロゼちゃん、ミルティちゃん、ナーイス」

全身の毛を逆立てた猫さながらに威嚇《いかく》しつつ、セイはじりじりと後ろに下がる。

「何させるつもりなんすかっっ！」

エドアルドは間髪《かんはつ》いれず返答する。

「だから脱いで」

「嫌っす！　何考えてんすかぁぁあ！」

エドアルドから距離を取りつつも、室内の侍女の配置をうかがうセイ。

少なくとも、ここにいる侍女たちは味方でないと判断した。

しかし、傷つけるわけにもいかない。セイは逃走できる経路を必死に探す。

そんな彼を見かねたミリアーナは、声をかけた。

「ちょっと、戦闘モードに入るわよ、あれは。ちゃんと説明しなさい、エドアルド」

すると、エドアルドは少し言い方を変えた。

「セイ君、なんにもしないから、上だけ脱ぎなさい」

「なんなんすか！　脱がせて、何させるつもりなんすか⁉」

「警戒心バリバリ〜。普段何やってんのよ、エドアルド」

呆れた表情を浮かべるミリアーナに、エドアルドはにこにこしながら答える。

「やだなぁ。可愛がってるだけですよ」

ミリアーナは首を横に振った。

この男の可愛がってるは、普通の人の感覚と違う。

だって変態だから。

縄とか手枷《てかせ》とか首輪は、ご褒美《ほうび》にならない。

ミリアーナは、エドアルドが提供するネタを思い出し、心の内で手を合わせた。

そんな中、エドアルドはセイに迫る。

「セイ君、大人しく上だけ脱ぎなさい。自分で脱がないなら僕が脱がすけど、そうなると僕は興奮しすぎて自制できなくなると思うよ～。これだけの人の前でされたい？」

きゃあぁぁああと侍女たちが声を上げる。それは、妙に嬉しそうな色を含んでいた。

「嫌っす！　人前で何言ってんすかぁあ！　それだけは嫌だって前から言ってるっすよねっ！」

セイの言う『それ』がなんなのかは秘密だ。

「じゃあ、脱いで」

再三のエドアルドの要求に、がっくりとセイが肩を落とした。

「何もしないっすよね？」

それでも、確認だけは取るセイ。

「しない。しない」

エドアルドが請け負った。

その後ろで侍女の一人が悔しそうに呟《つぶや》く。

「してもいいのに……」

「ソラリア……」

ミリアーナは侍女を窘《たしな》めた。気持ちはわかるが、やめておけと。

セイが腕や腰に巻いた布には様々な武器が仕込まれているらしい。彼が脱いで床に置くと、重い音を立てた。

そして上着と帷子《かたびら》を脱いだ瞬間、部屋中に黄色い悲鳴が響き渡った。

「なんすか？」

きょとんとしたセイが顔を上げる。

「こ、これはっっ！　私が悪かったわ。確かに。逞《たくま》しいだろうとは思っていたけど、これほどとは！」

ミリアーナが慄《おのの》くと、エドアルドは胸を張った。

「でしょう？　セイ君の美しい筋肉をあんなふうに描くのは僕が許しません！」

「きゃー！　きゃー！」

「きゃあぁああ！　きゃあああ！」

絵師を自任するリオと小説の挿絵担当の侍女は、悲鳴を上げながらデッサンをはじめる。

紙がすさまじい勢いで消費されていった。

その様子を眺めながら、エドアルドはドヤ顔で宣言する。

「セイ君の筋肉はね、僕が一目惚《ひとめぼ》れするぐらい綺麗なんだよ！」

少し背が高いぐらいにしか見えないセイは、絞《しぼ》りこまれ、鍛《きた》え上げられた美しい筋肉の持ち主だった。

「なんなんすか？　別に珍しくもないっすよ」

軍の中では、三歩歩けば筋肉にあたる。

ムキムキの筋肉の群れにむさ苦しさしか感じないセイは、自身の肉体にもさほど興味がない。

狂騒《きょうそう》する侍女たちに、セイは呆れた。

「主様《あるじさま》やコシス様もこんなもんすよ？」

セイの主人——マティサも、細身ではあるが筋肉質だ。もちろん腹筋は割れている。

「なんでセイ君が知ってんのよ！」

ミリアーナに問われ、セイは答えた。

「時間がある時、演習場に来るんすよ。訓練のあとは、水場で汗を流していくんで」

同性同士だと、相手の裸体を目にする機会も割とあるようだ。

「それって何時くらい？」

ミリアーナが勢いよく聞くと、セイは眉をひそめた。

「なんでお方様が食いつくんすか？　見慣れてんでしょ？」

もちろん夫婦なので、ミリアーナは口にできないものまで見ている。

「セイ君！　未婚の女性はね、世間体というものを気にして聞けないこともあるのよ！」

ミリアーナは、この場にいる腐仲間《ふなかま》たちの心の声を代弁しているのだった。

「ここの面子《めんつ》で、今さら世間体も何もないと思うんすけど？」

確かに、彼女たちは腐界《ふかい》の住人。それは多くの人間に知れわたっている。

「いいから言いなさい」

なおもミリアーナが詰めよると、セイは困ったような顔をした。

「……すいません。教えたら主様《あるじさま》を裏切る気がするんで……」

とその時、親指を立てた変態《エドアルド》が口を挟んだ。

「夕方、書類仕事が終わってから食事の少し前あたりまでですぅ」

「なんでバラすんすかっっ！」

セイは主に対して、申し訳ない気持ちでいっぱいになった。

「あら、エドアルドも知ってたの？」

ミリアーナの疑問に、セイが項垂《うなだ》れながら答える。

「この人、訓練後の水浴びを覗きに来るんすよ。主様とかコシス様とか、顔は好みじゃないらしいんすけど、体だけは好きだって」

どうやらエドアルドは、マティサやコシスまで邪《よこしま》な目で見ているらしい。

とはいえ、エドアルドの細マッチョ好きは皆が知るところだ。それこそ、今さらである。

「セイ君！」

エドアルドは、焦ったような声を上げる。

「僕が愛しているのはセイ君だよ！　他の人の筋肉に興味なんて！」

嘘をつけ、とその場にいた全員が思った。

「セイ君も覗かれてるの？」

ミリアーナが聞くと、セイは困り顔で頬をかいた。

「……俺ん時には寄ってくるんで……」

訓練のあとで迂闊《うかつ》に肌を晒《さら》すと、セイはエドアルドに拉致《らち》されて諜報部の仮眠室に引っ張りこまれる。それを数度経験し、以来、セイは諜報部の風呂場を借りて裸を見られないようにしている。

セイが肩を落として溜息《ためいき》をついた瞬間、鋭《するど》い声が飛んできた。

「動かないでっっ！」

「逆っ！　ちょっと別のポーズ取ってくれない？　腕上げてみて」

デッサンを続ける絵師達におかしなリクエストをされ、セイは怯《ひる》む。

彼女たちは、ぎらつく目をセイに向けていた。

「なんなんすか？」

「とりあえず、文化に貢献していきなさい」

ミリアーナの命令に、セイは再び溜息をついた。

「ダイテス《うち》は平和っすね」

その後セイは絵師たちに様々なポーズを取らされ、ある意味、訓練よりはるかに疲れたのだった。

第三章　侍女の都合

その日、マティサは普段通り執務室で仕事をしていた。

山のように詰まれた書類を処理する中、ふと不審なものを発見し、マティサはミリアーナに尋ねた。

「嫁、これはお前の侍女のことじゃないか？　このまま通していいのか？」

マティサはミリアーナに一枚の書類を差し出す。

「え？　どれ？」

差し出された書類を受け取り、目を通した瞬間――ミリアーナは叫んだ。

「駄目よ！　これは無効！　絶対に通さないで！」

ミリアーナは脱兎《だつと》のごとく駆け出し、執務室を飛び出した。

「クラリサァァアア！」

婿とその腹心は、目を丸くして彼女の後ろ姿を見送る。

「なんですか？　お方様が持っていかれた書類は？」

コシスの問いに、マティサは腰を上げながら答えた。

「クラリサ・シュライアの退職願だ。ただし、本人から出されたものではないな」

ミリアーナが執務室の隣にある控え室に駆けこむと、クラリサは一枚の書状を手に泣いていた。

「お嬢様ぁ……」

それは、クラリサの実家から届いた便りだった。

退職願を送ったから、城の仕事を辞めて結婚するように、と書かれている。

クラリサの泣き顔と書状を見て、ミリアーナの頭に血が上った。

「大丈夫よ、クラリサ！　あんな書類、通さないからっっ！」

「お願いします！　わたくし、あの男との結婚だけは絶対に嫌です！」

ミリアーナとクラリサは抱き合って、さめざめと泣いた。

「いったい何が起きているんだ？」

嫁のあとを追いかけてきた婿とその腹心は、二人の様子を見て不思議そうに尋ねた。

◆

「そもそもクラリサは、縁談が嫌でうちの侍女になったのよ」

執務室に場所を移し、ミリアーナは事情を説明しはじめた。

同じ席についたマティサとコシスは、おとなしく話に耳を傾《かたむ》ける。

クラリサは地方豪族、下級貴族の娘である。

下級貴族の家に生まれた女性の身の振り方といえば、親の決めた相手との婚姻、より身分の高い家に仕える、修道女になるの三択であろう。

クラリサの両親が娘に望んだのは、婚姻だった。

その相手は、親戚の男。

歳が近いこともあり、男はクラリサの家によく来ていたが——クラリサはこの男が大っ嫌いだった。

外面《そとづら》だけがいい、ろくでなしの俺様男。

それが親戚の男——ボッシュに下したクラリサの評価である。

しかしボッシュの外面にまんまと騙《だま》された両親が二人を結婚させようとしたので、クラリサはダイテス公爵家の侍女募集に飛びついた。クラリサが十五歳の時である。

仕事を持ったクラリサは、それを理由に縁談から逃れた。

そして六年が経ち、現在、クラリサは二十一歳。

貴族の女性は、十五歳から十八歳で婚姻する。そのため、十九歳を過ぎると嫁《い》き遅れとされてしまう。

クラリサのことを心配した両親は、城の侍女を辞して結婚しろと命じてきた。それも、何をトチ狂ったのか件《くだん》のボッシュと。

「ううっ、わたくし、生涯お嬢様にお仕えする覚悟でございますのに、両親は許してくれません。今回もわたくしの知らないところで、勝手に退職願など出して——。ボッシュはあのあと三回ほど縁談がございましたが、いずれも先方から断られたそうなのでございます。あの男は、外面《そとづら》を剥《は》がしてしまえば中身はろくでなしです。それを見抜かれたから、お断りされたのですわ――。身内ゆえの甘さか、わたくしの両親にはボッシュの本性がわからないのでございますよ」

クラリサは、再びさめざめと泣いた。

「安心して！　私がクラリサを離さないから。クラリサを不幸にする男になんか、渡さない！　なんとしてもこの話を潰すわよ！」

ミリアーナは雄々《おお》しく啖呵《たんか》を切った。

「お嬢様」

クラリサが感動した面持《おもも》ちで呟《つぶや》く。

一方、話を聞いていたマティサは困ったような顔をした。

「身元保証人――親から出された退職願は、本人と雇い主の意向で無効にはできるが――親は結婚してほしいと言っているわけだろう？　今回の話を潰したところで、いずれ同じことになると思うぞ」

マティサの言葉に、コシスも頷《うなず》いた。

「さようでございます。結婚こそが幸せと思っておられるのなら、親がそれを諦めるはずがございません。なんとしても結婚させようと、あの手この手でしつこく迫るものでございます」

コシスの言葉には、なぜかとてつもない重みがあった。

ミリアーナは思わず尋ねる。

「……ものすごく実感がこもっているわね、コシス」

「……さようでございましょうか？」

コシスは目をそらした。実のところ、彼こそ両親と弟に結婚結婚と追いまわされているのである。

ミリアーナは、腕を組んで考えた。

「とにかく、ボッシュとかいう男を断る口実がいるわね。両親が納得するような」

「わたくし、生涯お嬢様にお仕えしたいのです。なんとか両親を説得できないものでしょうか？」

クラリサの言葉に、ミリアーナは手を振った。

「あ～、その方向性は無理ね。結婚こそが女の幸せと思っているのよ？　仕事関係じゃあねえ」

「無理ですか」

クラリサはがっくりと肩を落とした。

なまじクラリサの容姿がいいため、少しぐらい歳を重ねていても婿が見つかると両親は思っているのだ。

容色の衰《おとろ》えないうちに、少しでも早く話をまとめようとしているのだろう。

ミリアーナは机に指を打ちつけた。

「姑息《こそく》な時間稼ぎでいいなら、好きな人がいるってことにして断るのが手っ取り早いんだけど——じゃあ誰なんだって突っこまれたらねえ」

「……いっそ恋人がいるということにしたらどうだ？　両親もそうだが、相手の男を諦めさせないと駄目だろう」

クラリサの両親は退職願が通ると思いこみ、相手を連れて迎えにくると宣言している。

マティサの提案について、ミリアーナは熟考した。

「ん〜〜。男を諦めさせるとなると、絶対敵わないと思うような相手をぶつけるしかないわね〜」

「けっこう粘着質《ねんちゃくしつ》なのでございますよ、ボッシュは。わたくし、それが嫌で嫌で」

クラリサが付け加える。

ミリアーナはさらに条件を考えた。

「当分の間、迷惑かけちゃうかもしれないしね〜。事情をわかってくれていて、迷惑かけられてもびくともしない、独身で、歳が近くて、並の男じゃ敵わないと思うくらいのいい男——」

ミリアーナが指折り条件を数えると……

部屋にいた者——護衛の兵士や侍女を含む全員の目が一人に集まった。

「は？」

ミリアーナはその人物、コシスの肩を両手で掴んだ。

「私の大事なクラリサのために、一肌脱いでくれるわよね？」

コシスは混乱した。

「お方様、わたくしごときでよろしいのでしょうか？」

「コシス、あなたが自分に『ごとき』をつけるのは、私が許可しないわ」

ミリアーナは思わず、コシスの肩を掴む手に力を込めた。

コシス・カティラは二十六歳である。

カティラ子爵家の嫡男《ちゃくなん》として生を受けた。

母はコシスを生んだあとすぐ亡くなり、父は後添《のちぞ》いをもらった。

その義母が生んだ異母弟《いぼてい》トリスは、コシスより三つ歳下だ。

コシスが七歳の時、下級貴族の習慣にもとづき、カティラ家と仲の良かった子爵家に行儀見習いとして仕えた。

しかし九歳になると、オウミの第一王子マティサの学友に抜擢《ばってき》され、王宮に召《め》された。以後、マティサの従者として仕えている。

「え？　ちょっと待って、他家に仕えていたの？　行儀見習い？」

コシスの経歴のおさらいをしていたミリアーナは、思わず声を上げた。

「はい。下級貴族は教育を受ける年頃になると他家に行かされ、そこで教育を受けるものでございます」

自分の家では手心《てごころ》を加えて甘やかす恐れがあるので、他家で教育してもらうのが下級貴族の常。

しかしミリアーナは公爵家の人間なので、下級貴族の習慣を少しばかり失念していた。

「あら、じゃあその家を出て婿様のところへ？」

「はい。ユティアス陛下からお声がかかりまして。下級貴族の中から王太子殿下の学友を選ぶなど、異例のことですが」

王族の学友は、上級貴族の子息の中から選ばれる。

しがない子爵家の子息の噂がどう王の耳に入ったのかは知らないが、コシスはその聡明さを見込まれて、マティサの学友に抜擢《ばってき》された。

これに慌てたのは、コシスを預かっていた家だ。

話の途中で、再びミリアーナは尋ねる。

「どうして慌てるの？　出世じゃない？」

コシスは、下級貴族の習慣について話した。

「他家の子息を預かることには、娘の夫にふさわしいかどうか見極める意味もございまして……家の主《あるじ》の眼鏡に適《かな》えば、のちにその家の令嬢と婚姻することが多いのでございます」

行儀見習いとして他家に仕えたあと、貴族の子息は騎士見習いとなる。

他家の主は、七歳から十五歳までの間に教育を施《ほどこ》して人物を見定める。そして「これは」と思えば縁談を持ちこむのだ。

もちろん、息子を預けた家もそのつもりなので、多くはそのまま婚約し、いずれ婚姻関係を結ぶ。

「婿がねを引き取って教育するようなものなのね。そうすると、娘の夫にと考えてたコシスを横から掻《か》っ攫《さら》われたってわけ？」

ミリアーナのあけすけな言い方に、コシスは苦笑した。

「そうなります。少し揉《も》めましたが、その家の令嬢とわたくしが婚約することで、納得いただいた次第で……」

コシスの言葉に、ミリアーナは首を傾《かし》げる。

「あれ？　コシス、独身よね？」

コシスが微妙な顔をした。

「八年前、破談になりました。不名誉な話なので、仔細《しさい》はお許しください」

ミリアーナが眉をひそめた。

「コシスがそう言うのなら、聞かないけど……相手の家は大きな魚を逃がしたわね」

「いえ、今のわたしは無役なので、そのようなことは」

横で話を聞いていたマティサは、複雑そうな表情を浮かべる。

ミリアーナは知らないが、マティサは事の次第を知っている。

才のあるコシスを妬んだ貴族の子息が、婚約者の令嬢に手を出したのだ。

令嬢は妊娠して家を巻きこんだ騒動となり、最終的に破談。

この醜聞《しゅうぶん》はあっという間に広がったが――むしろ相手がいなくなったことで、コシスに群がる令嬢が増えた。

コシスは、絶好の婿がねとしてあちこちから引っ張りだことなった。

美しい容姿に加えて聡明。武勇に優れ、オウミ王太子の覚えもめでたい人間を世間が放っておくはずなどない。

それから八年。

コシスは怒涛《どとう》のごとく押し寄せる縁談をすべて拒否しており、女の影すらない。

マティサは、それはそれで心配だった。

一通り話を聞いたミリアーナは、現状に即したシナリオを組み立てる。

いきなりクラリサに恋人がいると言っても、親は信用しないだろう。

相手がいるのなら、なぜ今まで一言も口にしなかったのか、なぜ結婚に踏み切らないのか、と突っこまれるのが目に見えている。

その理由を考えておかなければ、ぼろが出るに違いない。

紙にさらさらとペンを走らせ、クラリサとコシスの物語を書き連ねていくミリアーナ。

そのシナリオを見たコシスは、微妙な顔をした。

「つじつまが合いすぎていて、本当のことのようです」

「クラリサの親が信じてくれないと駄目でしょう。本当のことに、ほんの少し嘘をまぜると見抜かれにくいのよ」

シナリオを書き終えたミリアーナは、コシスの肩をがしっと掴んだ。

「いい？　失敗は許されないわ。クラリサの人生がかかってるんですからね！」

コシスは、どこからか地鳴りを聞いたような気がした。

「重々承知しております」

ミリアーナの気迫に押されつつ、コシスはそう答える。

侍女や周りの兵士、使用人からも無言の重圧がすさまじく、断れない雰囲気だ。城の人間が一丸となり、クラリサの婚姻阻止に動いている。

書き上げたシナリオを指差し、ミリアーナがコシスに命じた。

「さっさと設定を覚えなさい！　クラリサの実家は近いから、すぐに親が来ちゃうわよ。その日に備えて、それっぽい空気が出るようにしてね」

「く、空気ですか？」

コシスには、ミリアーナの言わんとするところが理解できなかった。

「空気っていうか、雰囲気！　ほら、恋人同士が一緒にいると、それっぽい雰囲気が出るでしょう？」

「……そのようなものを、どうしろと……」

ミリアーナの出した難問に、コシスは悩む。

「とりあえず、クラリサと親しくお話でもしたら？　なんでもいいわよ。今回のことに対する愚痴《ぐち》とか、日常の些細《ささい》な報告とか。当分は毎日、必ず時間を作って二人で話すこと」

「それだけで、よろしいのでしょうか？」

「付き合いはじめたばかりなら、いいのよ」

「はあ……」

なんとなく納得できないコシスだった。

その程度で雰囲気が作れるものなのだろうかと、首を捻《ひね》る。

「あの、コシス様」

クラリサはためらいがちに、コシスに声をかけた。

「この度は、わたくしのことでご迷惑をおかけします。ですが、わたくし、どうしてもこの結婚だけは嫌なのです」

「お任《まか》せください。クラリサ殿が不幸になるのを見過ごすわけにはまいりません。できるだけのことはいたします」

女性を不安なままにしておくのは、コシスにとっても不本意である。

そのため力強く答えた。

すると、クラリサの表情が目に見えて明るくなる。

「はい。よろしくお願いいたします、コシス様」

二人の様子を見ていたミリアーナは、こっそり親指を立てた。

「やればできるじゃない」

◆

クラリサは両親に侍女を辞めない、結婚はしないという断りの手紙を書いた。

すぐに両親から抗議の手紙が届き、何度かやりとりをしたあと——娘を説得するため、両親がセタの城へ来ることとなった。

そして今日——

城の一室で、クラリサとその両親、件《くだん》のボッシュが顔を合わせた。

ミリアーナの計《はか》らいで、他の人間はその場にいない。

そして、クラリサの今後が決まる家族会議がはじまった。

彼女の栗色の髪は、父親から譲り受けたらしい。

顔立ちはどちらかといえば母親だろうか。

両親のいいところを受け継いだようだ。

「クラリサ、お前もいい歳なのだ。いいかげん侍女仕事など辞めて、家庭に入っておくれ」

父親が口を開くと、母親も言い募《つの》った。

「そうですよ、お前は器量がいいのだから、少しばかり歳をとっていても、いい縁が見つかるわ」

結婚よりお嬢様にお仕えしたいのです、という言葉をクラリサは呑みこむ。

「そうだよ、クラリサ。少しばかり歳を食っても気にしないから、俺のところにおいでよ」

両親についてきたボッシュが口を挟んだ。

クラリサと同じ髪の色をしていることから、彼が父方の親戚だと推測できる。

クラリサは、用意していた言葉を口にした。

「お父様、お母様、それにボッシュ。大変申し訳ないのだけど、わたくし、仕事をやめることもボッシュと結婚することもできないわ。わたくしには、心に決めた方がいますの」

この言葉には、両親もボッシュも目を剥《む》いた。

クラリサは深く息を吐いて、ミリアーナ監修のセリフを続ける。

「その方もセタの城にお勤めで……わけあって今は結婚できない方なのですが、いずれは、とお付き合いしておりますの」

「まあ！」

母親が大きな声を上げる。

父親は椅子を蹴倒す勢いで立ち上がった。

「なんだって、そんな話は聞いてないぞ！」

両親が取り乱す一方、ボッシュは顔をしかめた。

「クラリサ、本当だろうね？　結婚を断るための嘘じゃないのかい？」

「あら、どうしてそんな」

クラリサは平静を装い、脳裏にコシスの姿を思い浮かべる。

ミリアーナに、具体的な相手を思い浮かべたほうが真実味が出ると言われたからだ。

「今は結婚できないなんて、いくらなんでも怪《あや》しすぎるだろう？　いや、本当にそんな相手がいたとして、騙《だま》されているんじゃないのか？　君を弄《もてあそ》ぶ口実だとか」

コシスを貶《おとし》める言葉に、クラリサは本気で反発した。

「あの方は、そんな人ではありませんわ！」

思わず強い口調で言ってしまったが――なるほど、これがお嬢様の言っていたことかと腑《ふ》に落ちた。

ボッシュはなおも食い下がる。

「じゃあ、会わせてくれよ！　納得できる相手じゃなければ、引けないよ！」

ミリアーナは、ちっと小さく舌打ちした。

「さすがに、そう言うわよね」

「想定のうちだろう?」

マティサがミリアーナをなだめる。

クラリサの家族に用意された部屋には、護衛のための隠し部屋がついている。

隠し部屋の幅は狭いが、壁にそって兵を控えさせることができる。

ミリアーナとマティサをはじめ、クラリサを心配する友人一同が詰めかけているので、人口密度は非常に高い。

マティサが体格のいい兵士をたたき出したほどである。

家族会議の様子をこっそりうかがっていたミリアーナは、作戦の第二段階を開始することにした。

小型の通信機に向かって、小さな声で指示を出す。

「コシス、出番よ」


ボッシュが叫んで少しすると、扉の外から品のいい声がした。

「こちらにクラリサ殿のご両親がおられるとお聞きしました。ご挨拶《あいさつ》したいのですが、入室してよろしいでしょうか?」

「ま、まあ!」

クラリサは慌てたふうを装って、扉に駆け寄った。

ためらう素振りを見せて、口を開く。

「ごめんなさい。両親は、わたくしの婚約者候補を連れてきてしまったの。今ここで挨拶《あいさつ》するのは――」

「クラリサ！　まさかその人が」

父親は驚きの声を上げ、母親も目を見開く。

「まあ、まあ、本当に」

ボッシュもまた、声を荒らげて言った。

「クラリサ、その人が君の恋人なら、ぜひここに通してくれよ。君のご両親だって、今のままじゃ納得いかないだろう！」

食いついた！

隠し部屋にてクラリサを心配する同志たちは、心の中で喝采《かっさい》した。

「……そうですわね。会っていただいたほうが……お入りになって」

クラリサが扉を開ける。

「失礼いたします」

入ってきたのは、銀髪の美丈夫《びじょうふ》。

優雅に一礼し、クラリサの両親に挨拶する。

「はじめまして。わたくしは、ここの次期当主たるマティサ様にお仕えするコシス・カティラと申します。クラリサ殿のご両親がお見えになっていると聞きおよび、ご挨拶をと思いまして。本来ならばわたくしが足を運ばなければならないところですが、諸事情により、それが叶いませんでした。お詫《わ》び申し上げます」

父親は目を白黒させ、母親は頬を赤く染めた。

「まあ、まあ、こんな人がいるなんて、わたしたち、聞いていなかったものだから。まあ、まあ、どうしましょう？」

予想をはるかに超える美丈夫の登場に、クラリサの母親は年甲斐《としがい》もなく慌てふためいた。

長身の引き締まった体躯《たいく》に、硬質の美貌。水色の瞳は英知を湛《たた》えている。

ボッシュは悔しげに唇を噛《か》んだ。ボッシュも不細工ではないのだが、相手が悪すぎた。

外見ではコシスの圧勝である。

隠し部屋の一同は、密かにエールを送った。

「行け、行け」

「コシス様、ゴゥ！」

「クラリサ、がんばって！」

「あんたたち、声が大きい。気づかれたらおしまいよ」

ミリアーナは、侍女たちを小声で窘《たしな》めた。

この場の出来事を見られていると知らない母親は、目を輝かせながらコシスに尋ねる。

「あの、うちのクラリサとは」

コシスは、まず事実だけを口にした。

「ダィテスに来てから、よくしていただいております。クラリサ殿はとても優秀で、大変お世話になりました」

運転技術とか——その他色々。

ミリアーナの腹心たる侍女は、多彩な才能を誇る。

「ダィテスの外から来た方ですの？」

クラリサの母親の探るような視線を受けて、コシスは頷《うなず》いた。

「はい。マティサ様にお仕えし、王都よりまいりました。王都といえば、諸事情で王城の祝宴に出なければならなくなった時、クラリサ殿にはパートナーになっていただきまして。感謝しております」

「まあ！　王城の祝宴に！」

クラリサの母は感激しているようだ。

地方の者にとって、王城の祝宴は憧れの席である。

そこに自分の娘が出席したというのだから、嬉しいに違いない。

恐ろしいことに、ここまでのセリフに一切の嘘はなかった。

しかし、誤解させるためには充分である。

コシスは内心、ミリアーナの策に戦慄《せんりつ》した。

「ちょっと待ってくれ！　君は本当にクラリサの恋人なのか？　なら、なぜ結婚できないなどと言うんだ！」

噛《か》みつくようなボッシュの非難に、コシスは気が進まないながらも、決められた口実を述べる。

「わたくし、王都からこちらへまいります際にすべてを処分し、家督《かとく》は弟に譲りました。ダィテスに骨を埋める覚悟ですが、今のわたくしの身分は不確かなもの。妻帯《さいたい》するには、ふさわしくないと思っております。できますれば、足場を固めてからの結婚を望んでおります。そちらのお嬢様を、お待たせしてしまうことになりますが」

コシスは、嘘を口にすることを後ろめたく思っていた。

しかしその様子は、クラリサを待たせてしまうことに罪悪感を感じているようにも取れる。

事実、クラリサの両親の目には、コシスが誠実な青年として映っていた。

「まあまあ、そんな事情が。でも、それなら仕方ないことですわね」

「うむ。しっかりした考えをお持ちだ」

コシス・カティラがマティサについて王都から来たこと、爵位《しゃくい》やその他諸々《もろもろ》を弟に譲りわたしたこと、王城の祝宴でクラリサがパートナーを務めたこと――どれも真実である。

あとで調べられても、偽《いつわ》りはないため痛くも痒《かゆ》くもない。

見破りにくい嘘とは、真実の中にほんの少し潜《ひそ》ませたもの。

クラリサの母親は、ボッシュに謝罪した。

「ごめんなさい、ボッシュ。この話はなかったことにしてくれない？　わたくしたち、クラリサに恋人がいるなんて知らなかったの。先走ってしまったけれど、こんな立派な人がいるなら、反対するつもりはないの」

「叔母《おば》さん！」

クラリサの父親も、言葉を添えた。

「すまんな、ボッシュ。その気にさせておいて、こんなことになってしまった。コゼットには、わしのほうから謝罪しよう」

「叔父《おじ》さん！」

コゼットとは、クラリサの父親の兄で、ボッシュの父親のことだ。

クラリサに恋人がいると知り、両親は考えを変えたらしい。

狙い通り！

隠し部屋の一同は、狂喜乱舞《きょうきらんぶ》した。

しかし、ボッシュは諦めていなかった。

「お、俺は認めないぞ！　いきなり横から出てきて掻《か》っ攫《さら》うなんて――」

「決闘でも申しこまれますか？　クラリサ殿を懸《か》けて」

憤《いきどお》るボッシュに、コシスは氷のように冷たい声をかけた。

決闘は、貴族の中で揉《も》めごとが起きた時の解決法の一つだ。

「もちろん――」

「先に言っておきますが、わたくし、軽い〝加護持ち〟です」

その瞬間、真っ赤になって怒っていたボッシュが青ざめた。

決闘をするとなれば、コシスが軽い〝加護持ち〟であることを明かさないのは不公平だ。

軽いとはいえ、〝加護持ち〟の身体能力は並の人間とは比べものにならない。

コシスは言葉を続ける。

「それで、決闘を申しこまれますか？」

その時、クラリサはこれを好機と見て畳《たた》みかけた。

「まあ！　やめて、ボッシュ！　この方は『戦神の寵児』と謳《うた》われたマティサ様の右腕で、『銀の守り刀』の異名を持つ名将なのよ。カイナンの兵士をなぎ倒してきた人だわ。あなたごとき、ひとひねりなのよ！」

クラリサの両親が歓声を上げた。

「まあ！　なんてこと、あの有名な！」

「おおっ！　お噂はかねがね！」

辺境のダイテスとはいえ、そういった話は知れわたっている。

クラリサの主人であるミリアーナの夫が元王太子で、『戦神の寵児』と謳われたマティサであることも、その右腕が『銀の守り刀』と呼ばれる武人であることも。

ボッシュは哀《あわ》れなぐらいに項垂《うなだ》れた。

多少腕に覚えがあるぐらいでは、軽い〝加護持ち〟――しかも名将と謳われる人間を相手にできない。

中身もコシスの圧勝である。

両親は、すっかりその気になった。

「クラリサをお願いします。そういう事情なら、いくらでも待ちますとも」

父親が力強く言えば、母親は自身の要望を述べた。

「でも、なるべく早くお願いしますね。わたくしたちも、孫の顔が見たいですわ」

心苦しさを抑えて、コシスは返答した。

「……精進いたします」


上機嫌なクラリサの両親と、哀《あわ》れなほど落ちこんだボッシュが帰っていくのを見送り、クラリサとコシスは安堵《あんど》した。

「やりましたわね！」

「完勝ですわ！　さすがコシス様！」

「素敵でしたわ！」

隠し部屋で様子を見守っていた侍女仲間は、口々に言った。

「よくやったわ。これでクラリサの両親も二度と口出ししないでしょうね」

ミリアーナもコシスを褒《ほ》める。

「……嘘をつくのは気が引けますが、致し方ないことでございました」

悩むコシスに、ミリアーナは尋ねた。

「ねえ。コシスは、奥さんに仕事をやめて家庭に入ってほしい？」

「いいえ。本人にとってやりがいのある仕事ならば、続けてもかまいませんが」

「あら、そう」

嬉しそうにミリアーナは笑った。

「ねえ、これってコシスのご両親にも使えない？　ご両親とトリスさんにクラリサを恋人だと紹介したら、見合いの話も来なくなるんじゃないかしら？」

コシスが目を丸くした。

名案とばかりにコシスの返事を待つミリアーナは、瞳を輝かせている。

しかし、コシスは頭を横に振った。

「……やめておきます。さすがにそこまでですると、嘘で済まなくなりますので」

コシスは一礼して立ち去った。

ミリアーナは舌打ちする。

「さすがに気づかれたか」

「嫁」

マティサは、ミリアーナの頭に手をのせる。

「なんですか？　婿様」

「お前、二人を取り持つつもりだったのか？」

うっとミリアーナが息を呑んだ。さすがに少々後ろめたい。

「ご不満ですか？　コシスが結婚するのは嫌？」

マティサとコシスは、閨《ねや》を共にする仲でもある。

「……本人がその気なら別にかまわない。そっちの関係は、いつでも絶ってやるぞ」

ミリアーナはいたずらっぽく笑った。

「クラリサなら気にしないと思いますけど？」

クラリサは腐女子だ。

むろん、ミリアーナも二人の関係を邪魔するつもりなど毛頭《もうとう》ない。

「そっちが本命か？」

マティサは呆れた表情を浮かべた。

コシスが普通の令嬢と婚姻すれば、マティサとの関係は終わるだろう。

「そういうわけじゃないですよ。ただ、コシスならクラリサを任《まか》せてもいいかな、と思っているだけです。あれほどいい男も、なかなかいませんよね？」

ミリアーナはミリアーナで、クラリサの幸せを願っているのだ。そのためなら手段は選ばない。

マティサが苦笑した。

「まあ、悪い組み合わせではないな」

「じゃあ、私の邪魔はしないと？」

「……好きにしろ」

「ありがとうございます、婿様」

ミリアーナはにっこりと笑った。

この時、コシスは外堀が着々と埋められていることに気がつかなかった。

第四章　王都の人々

ナシェルは、少々やつれたような顔をしていた。

執務室にナシェルを呼んだ張本人であるミリアーナは、彼に声をかける。

「どうかしたの？」

「いえ、自分がいかに無知だったのかを思い知っただけです」

「あんまり思いつめないほうがいいわよ。ダィテス《ここ》が普通じゃないだけなんだから」

ナシェル・オーガスはランカナの出身で、ダィテスの人間ではない。

彼が王都からダィテスにやってきて、一ヶ月が過ぎた。

その間にナシェルはダィテスの一部施設を視察し、ニナイ長官について内政の仕事を経験した。

だからこそ、ダィテスのオーバーテクノロジーの一環に触れて打ちのめされているのだ。

「とんでもないですね、ダィテスは。セタで用いられているもの——これらは、知られても問題ないと判断されたものなのでしょう？　僕がまだ知らないものについて考えると、空恐《そらおそ》ろしいですよ」

「あら、よくわかったわね」

「様々な面において、数字がとんでもないです。こんな労力で、これだけの成果が叩き出せるはずがない――そう思うものがいくつもありました。オーバーテクノロジーでしたっけ？　その恩恵というのは、すさまじいものがあります」

ナシェルは、引きつった笑みを浮かべる。

「まったく、とんでもない伏魔殿《ふくまでん》ですよ、ダィテスは。よくもまあ、ランカナ《うち》は喧嘩を売ったものです」

地力《じりき》が違いすぎると、ナシェルはぼやく。

ランカナの前宰相は、ミリアーナの暗殺を謀《はか》った。

ダィテスが全戦力をランカナに向けていたらと思うと、ナシェルはぞっとした。

ダィテスがその気になれば、大陸の覇者《はしゃ》となれるだろう。

まったく、知らないとは恐ろしい。

ミリアーナはいたずらっぽく笑った。

「あなたも、もうその一員なんだけど？　今日で研修期間は終わり。王都のダィテス領館に行ってもらうわよ」

ミリアーナは予定通り、任命書を渡した。

それを受け取りつつ、ナシェルは答える。

「謹《つつし》んでお受けいたします」

「悪いけど、自動車は出せないわ。馬車で行ってね」

ミリアーナの言葉に、ナシェルは力強く頷《うなず》いた。

「はい。僕も、あれにはあまり乗りたくありません」

その日のうちに、ナシェル・オーガスは王都に向けて旅立った。

馬車に揺られながらの、のんびりした旅程である。

◆

オウミにおいて、王太子につけられる親衛隊は約千人というのが慣例だったが、一時期、二千人にまで増えた。

しかし、ランカナ戦以前に、ユティアス王が王太子親衛隊を分割した。

オウミの西や南出身の新参兵をジュリアス王太子に残し、古参の兵たちを独立騎兵隊としてマテイサにつけたのである。

結果、親衛隊は弱兵の集まりとなった。

新参兵の多くは縁故で入った者たちで、技量も性根《しょうね》もなく使いものにならない。隊員の練度《れんど》の低さは明らかだ。

そしてランカナとの戦《いくさ》が終わると、親衛隊の四割――実に四百人もの隊員が異動願を出した。

王はこれを快諾《かいだく》し、ほとんどの隊員を西のグローワ騎士団に押しつけた。

グローワ騎士団も、一度は五百人ほどに人数が減ったのだ。王妃派の先導によって行われたエチルへの侵攻は、オウミの西に大きな傷跡を残した。

今頃、異動した隊員たちはしごかれていることだろう。

一方の親衛隊は定員を大きく下回り、現在、二百名近い欠員がいる。

新しく選ばれて編入した者もいるが――隊員の質に大きなばらつきがあった。

親衛隊長を務めるレナードは、西のナジェ侯爵家の次男である。

金色の髪に若草色の瞳、見栄《みば》えのする整った顔立ちだ。

王級ではないが、それに準ずる〝加護持ち〟でもある。

以前から騎士団に所属しており、親衛隊に選ばれたのは縁故だけではない。

レナードのように選ばれて不思議ではない者もいるが――大半は腕が伴っていない。縁故で選ばれた者が多いのだから、仕方ないのだが。

独立騎兵隊の人員にとことん鍛《きた》えられたものの、騎士として並になったかどうか、というぐらいのものだ。

それに引きかえ、新入りはオウミの他の隊から選ばれた腕の立つ者ばかり。

もとよりいた者たちは旗色が悪い。

練習でも、むしろ新入りに彼らが鍛えられている有様だ。

レナードには、隊員の強化と教育が求められている。

もとからいる兵――いわば彼の同期には、甘ったれた気質の人間が多い。

彼らが異動願を出さなかったのは、家の恥になるので残れ、という実家の圧力によるところが大きい。

エチルとの戦いで実家が壊滅していれば、余所《よそ》へ行っていただろう。

レナードの実家は壊滅こそ免《まぬか》れたが、エチル戦での傷跡は癒《い》えていない。

レナードは、自分の意思で親衛隊にいる。しかし自分より強い新入りを目の当たりにして、この隊を率いる資格があるのか苦悩していた。


物思いにふけりながら昼食を取っていたレナードの耳は、特徴的な声を拾った。

「じゃあさ、ラディンは王都の騎士団から移動したんだ？」

聞こえてきたのは、ケイシ・エタルの声だった。

外国人でありながら、王太子親衛隊に抜擢《ばってき》された王級〝加護持ち〟だ。

ケイシは、ダークブラウンの髪の男――ラディンに続けて話しかける。

「好きな人が王都にいるんだ？　それで、グローワよりも親衛隊のほうがましだったってこと？」

ケイシの問いかけには答えず、ラディンはうつむき、指先でカップの水滴をいじっていた。

「恥ずかしがらなくてもいいよ、人を好きになるのは悪いことじゃないし」

親衛隊の食堂は、王宮にある。

今は食事時なので、宿舎で寝泊りしている独身の者が雑談していても不思議ではないが――先ほどからケイシの声しかしない。

ケイシは西にあるカガノという小国の出身だ。

長く伸ばした髪を後ろで三つ編みにするのは、カガノの習慣である。

見上げるほどの逞《たくま》しい背丈に反し、細面《ほそおもて》で優しげな顔立ちをしている。

この男がいれば、親衛隊は戦場でも面目《めんぼく》が保てるだろう。

ケイシと向かい合わせに座っているのは、王都の騎士団から移動してきたラディン・ソルトという男である。

それなりに見栄《みば》えのするこの男は、致命的に口数が少ない。

ケイシが一人で勝手にしゃべっているふうにも見えるが、ちゃんとラディンの意思は伝わっているらしい。

どうやら恋愛相談のようだ。

なぜこれで意思の疎通ができるのか、レナードには不思議だった。


ケイシが親衛隊に入隊した当初、彼に向けられる周囲の目はあまり好意的なものではなかった。

他国出身の傭兵《ようへい》で、敵対するランカナに雇われていたケイシ。

それを捕獲し、王級〝加護持ち〟だったことから前王太子のマティサが独断で引っ張ってきた。

親衛隊は、現王太子ジュリアスの立場を脅《おびや》かす存在として前王太子を敵視している。

そのマティサが、ケイシの素性《すじょう》を無視して推薦してきたため、一部の者は目の仇《かたき》にしていた。

しかし、ケイシはそれを跳ね返せるくらいの強者《つわもの》であった。

今から一ヶ月ほど前、ケイシ・エタルが親衛隊の宿舎にやってきた日のこと。

その時、あいにくレナードは別の新入りの対応に追われ、その場にいなかった。

大勢の異動希望者が西に発《た》ったのと入れ違いに、新たに選ばれた隊員たちが一度に異動してきた。

ケイシへの対応がおざなりになってしまったのも仕方ない。

ダィテス家が用意した馬車を降りたケイシは、飄々《ひょうひょう》とした顔で現れたらしい。

レナードも不在で手続きができる状態ではなかったので、一時的に待機してもらったのだが、事件はその時に起きた。

興味深そうにあたりを見まわしていたケイシに、一部の隊員が難癖《なんくせ》をつけたのだ。

「よくもまあ、オウミに来られたものだな」

「間者がのうのうと所属できるほど、親衛隊は甘くないぞ」

心ない言葉を浴びせかける隊員に、ケイシはむしろ面白いものを見つけたという顔をした。

にっこり笑って切り返す。

「間者ってどこの？　俺、傭兵だもん。雇われたら、そこへ行くよ。今の雇い主は王様になるのかな？　それとも王太子さん？　どっちでもいいけど、難癖つけられたからって逃げ出すわけにはいかないんだな、これが」

すると、隊員の一人が険《けわ》しい表情で怒鳴った。

「廃王太子の回し者だろうが！」

「廃王太子って魔将軍《ましょうぐん》さんのこと？　まあ、あの人に推薦されたのは本当だけどね。王太子さんをよろしくって頼まれたんだ。期待には応えないと」

ケイシは笑みを浮かべ、事もなげに言う。

端《はた》から見れば、ケイシが彼らを暇潰しにあしらっているのは明らかだった。

「こいつ、ぬけぬけと！」

いきり立つ隊員に、別の隊員が提案した。

「まあ待て。それほど腕に自信があるのなら、見せてもらおうじゃないか」

「え？　あのさ、ランカナ戦の時、どこにいたの？」

ケイシはランカナでマティサと一騎打ちをした。

それを見ていた者なら、今さら腕を見せろとは言わないはず。

尋ねられた隊員は、胸を張って答えた。

「我々は殿下をお守りするため後方にいた」

つまり、後ろにいたため一騎打ちの内容は見ていないということだ。

「それでか……俺、王級〝加護持ち〟なんだけど、それはわかってるよね？」

無謀《むぼう》にも〝加護持ち〟に喧嘩を売ってくる相手に、ケイシは一応確認を取った。

隊員たちが勢いこむ。

「それがどうした。所詮、廃王太子に負ける程度のものだろうが！」

「本当に王級か怪《あや》しいものだ」

「我が国の陛下は〝加護持ち〟を討《う》ち取ったお方だぞ」

ユティアスは、かつて王級〝加護持ち〟である『狂王』を討ち取った。

王級〝加護持ち〟は『キレた』場合、その反動で〝活力切れ〟に陥《おちい》る。そこを狙って、舅《しゅうと》でもあった『狂王』を倒したのだ。

「へえ、そいつはすごい」

大陸の西――エチルの『無敗王《むはいおう》』の名すら届かない遠方の国カガノの生まれであるケイシは、『賢王』ユティアスの偉業を褒《ほ》め讃《たた》え、満面の笑みで言った。

「そっちがいいなら、いいよ。手合わせしようか?」

その後、親衛隊が使っている訓練場に連れてこられたケイシは、木剣を選んだ。

ケイシがいつも使っているものに比べると、小さくて軽すぎる。

一番マシなものを取り、軽く振ってみた。

「ん～、しっくりこないな」

今ひとつ手に馴染《なじ》まない。

「まあ、贅沢《ぜいたく》言ってもしょうがないか」

ケイシは、手にしていた木剣に決めた。

「用意はいいか?」

「うん。いいよ」

ケイシは木剣を持ち、訓練場の中央に向かう。

「待て、防具はどうした?」

隊員の一人がケイシを止めた。

ケイシは木剣を選んだだけで、防具をつけていなかったのだ。

「これでいいよ。手合わせなんだろ？」

ケイシがそう言うと、「馬鹿にしやがって」という声がどこからか聞こえてくる。そして――

「誰から行く？」

隊員たちは、今さら手合わせの順番を相談しはじめた。

彼らは一人ずつケイシに挑み、勝ち抜き戦をやるつもりのようだ。

しかし、ケイシにそのつもりはない。

「一度に一人なんてケチなことは言わないよ。全員でかかってきなよ」

「なんだと！」

勢いこむ隊員を、ケイシは挑発した。

「それくらいはやらないと、遊びにもなんないよ。なんなら、もっと人数呼んでもいいけど」

王級〝加護持ち〟は稀少《きしょう》だが、軽い〝加護持ち〟なら千人に一人か二人はいる。

見たところ、この場の面子《めんつ》にはいそうもないが、かき集めれば一人ぐらいはいるかもしれない。

いるといいな、〝加護持ち〟――ケイシは心の内でそう思いながら、快活《かいかつ》に笑った。

「さあ、遊ぼうか？」


レナードがそれを知ったのは、三十人の新隊員の手続きを終えた時だった。彼らは、王都のアザイ騎士団から異動してきた者たちである。

たった今、宿舎に駆けこんできた隊員は、ケイシとの手合わせの参加者をかき集める伝令だ。

「馬鹿な！　なんてことを！」

これに、レナードは憤《いきどお》った。

「場所は訓練場だな！　まったく、初日から騒ぎを起こすとは！」

訓練場に向かおうとしたレナードに、声がかけられる。

「なんだ？　新入りいじめか？」

「なら、我々もいじめられる口ですね。新入りですから」

むしろ嬉しそうに言ったのは、元アザイ騎士団の面々だ。

ふざけた物言いに不快さを感じたものの、レナードはそれをこらえた。

「手続きは終わりましたので、宿舎の部屋に入っていただいてかまいません。申し訳ないが、自分は騒ぎを鎮《しず》めないと」

「我々も行こう」

「訓練場の場所も確認しておきたいし、先輩方のお手並みを拝見しましょうか？　それに、同期の者を見捨てるわけにはいきません」

厄介ごとに首を突っこむ気満々の新入りたちに、レナードは頭が痛くなった。

「経験はあなた方のほうが上でしょう」

元アザイ騎士団の面々は、若手ではあるが、確かな腕を持つ人間ばかり。正しく選ばれた隊員なのだから、当然である。

縁故で選ばれた古参——というほど古くはないが——など相手にならない。

レナードは言った。

「絡まれているのは王級〝加護持ち〟です。むしろ絡んだほうを心配しているんですよ」

レナードが訓練場に駆けつけた時、勝負はほぼ終わっていた。

どうやったのか、両肩に一人ずつ、両脇に一人ずつ気絶した隊員を抱えたケイシが振り返る。

「新手《あらて》？」

にっこりとケイシが笑った。

「何を……」

「端っこに寄せてるんだけど？　踏んだら悪いからね」

ケイシは、四人の隊員を訓練場の隅に下ろした。

気絶している隊員が三桁はいそうだ。

アザイ騎士団から移動してきた一人が口笛を吹く。

「一人でやったのか？」

「そうだよ。お兄さんも遊ぶ？」

ケイシは嬉しげに言う。

元アザイ騎士団の男――グインは、気絶した隊員とケイシを見比べてにやりと笑った。

「楽しそうだな。王級なんぞとやれる機会は、そうそうあるもんじゃねぇ」

「お兄さん、強いでしょ。っていうか、そっちにいる人はみんなできるよね」

レナードについてきたのは、アザイ騎士団から移動してきた者と、親衛隊でもそこそこ使える者ばかり。

笑顔の裏に戦意を感じ取り、レナードは慌てて止めた。

「待て。我々は争いにきたのではない。騒ぎをおさめるために――」

「ぶっ飛ばしてやる、新入り！」

「叩き出せ！　廃王太子の回し者だ！」

レナードが騒ぎをおさめようとしているのに、新たに親衛隊の古参が駆けつけた。

「馬鹿者！　お前たちは何をするつもりだ！　懲罰《ちょうばつ》覚悟の上か！」

さすがにレナードは隊員を怒鳴りつけた。

古参の隊員はたたらを踏む。

「堅いこと言わないでよ、ちょっと力比べしただけじゃないか」

喧嘩を吹っかけられたケイシは、飄々《ひょうひょう》と言う。

レナードは全身の力が抜けるのを感じた。

「……力比べはこれで終わりだ。明日から訓練がある。力を試したいのなら、そっちでしろ」

「はい、はい」

レナードの言葉に、ケイシは肩をすくめた。

あとで調べたところによると、倒された隊員たちは軽症で、大きな傷を負った者はいなかった。

むしろうまく気絶させ、余計な怪我をしないよう手加減されたと考えるべきか。

こうして親衛隊は、ケイシを迎え入れたのであった。

その後、地方の騎士団からも補充の隊員が来たが——なぜか実力のある者ほどケイシと馴染《なじ》み、現在にいたる。

今、食堂でケイシと向かい合っているラディンもその一人だ。

二人を見ていたレナードは、小さく溜息《ためいき》をつく。

とその時、城に勤める従者の一人が食堂に入ってきて、ケイシに便りを渡した。

受け取ったケイシはその場で封を開き、嬉しそうに呟《つぶや》く。

「帰ってきたんだ」

誰が帰ってきたのか、レナードには判断できなかった。

それからケイシはたびたび外泊するようになり、レナードを悩ませることとなった。

◆

「来たぞ」

執務室で書状に目を通していたマティサは、それをミリアーナに差し出した。

「やっぱり来たわね……」

受け取った書状を見て、ミリアーナは唸《うな》る。

ハヤサの同盟参加が決まり、二ヶ月後に調印式と祝宴がオウミで催《もよお》されることとなった。

その式と祝宴に出席するよう、マティサは名指しで呼び出されてしまったのだ。

むろん、コシスもだ。

「そういえば、コシスの甥《おい》が生まれたのよね？　早めに王都へ行って、顔を見たいわ」

ミリアーナは目を輝かせて言う。

コシスの弟夫婦から懐妊の知らせが届いたのは、オウミの王城で開かれた春の祝宴より少し前のことだった。

そして先日、無事生まれたとの知らせをもらったが、まだ顔を見にいっていない。

「それは、わたくしも気になっていましたが――」

コシスの言葉に続けて、ミリアーナは大きな声を上げた。

「赤ちゃん見たい！」

赤ちゃん、赤ちゃんとはしゃぐミリアーナに、コシスは首を傾《かし》げる。

「お方様の子供ではありません。カティラ家の血筋でありますが――」

なぜこうもミリアーナが喜ぶのか、コシスは不思議だった。

「だって赤ちゃんよ。可愛いに決まっているわ」

「嫁は子供好きだったのか？」

マティサの問いに、ミリアーナは即答する。

「嫌いじゃないですよ。ちっちゃくて可愛いじゃないですか。ふくふくの柔らかそうなほっぺとか、手首のくびれとか。幼児も嫌いじゃないです。なんなんでしょうね、子供のあの可愛らしさは。つい、かまいたくなります」

小さいうちが可愛い、とミリアーナは力説した。

「……それで、どうして自分が生むのは嫌なんだ？」

うっとミリアーナは言葉につまる。

「……嫌というわけじゃないですよ……たまたまできないだけで……だって婿様、長期でうちをあけることもあったし……まだ結婚して二年も過ぎてないし……そんなに焦らなくても……」

（エチルへの交渉とか、カイナンとの小競《こぜ》り合いとか、ランカナとの戦《いくさ》とかっっ！）

ミリアーナはマティサが不在だったことを言い訳にする。

「まあ、そんなに焦ることもないと思うが……そろそろ二年だ。いいかげん結果を出さないとな」

（目つきが不穏すぎます、婿様！）

ミリアーナは怯《ひる》んだ。

マティサは、結婚当初から子作りに積極的だったのだ。

「いえ、婿様はこの二年で色々ありましたし——誰も文句は言えないでしょう。私は、もう少し身軽でいたいんです。世情がまだ落ち着いてないのでっ！」

ミリアーナに説得されたわけではないだろうが、マティサが呟《つぶや》いた。

「まあ、これぱっかりは焦っても仕方ないか……天からの授かりものだからな」

コシスも言葉を添える。

「トリスのところも、長く子供ができませんでした。それを思えば、まだこれからだと思います」

◆

エチル、オウミ、カイナンの三国が同盟を結んだ時、諸外国は三大大国が手を結んだと恐れおののいた。

そして今回、戦力だけなら三国に並ぶと言われるハヤサがさらに同盟へ参加すると聞き、周章《しゅうしょう》狼狽《ろうばい》した。

これほどの国にまとまられては、手出しができない。

諸国の関心は、この同盟がどれほどの結束力を持つかという点につきる。

エチルとオウミはともかく、強欲で知られるカイナンのゲイン王、策略家で知られるハヤサのナリス王が参加しているのだ。

二つの国が、いつこの同盟を反故《ほご》にするかわからない。

しかし、律儀なエチルとオウミがいる。

気軽に破棄はできないだろう。

それにオウミとハヤサの同盟も、ハヤサ建国から続いてきたもの。

果たしてこの同盟は長続きするのか、それとも脆《もろ》いのか。

各国はそれを直接見極めるべく、オウミで催《もよお》される祝宴の招待状に、こぞって出席の返事を出した。

その日、シンラット侯爵はあまり付き合いのない客人を迎えた。

南の領主の中で最大勢力を誇るシンラット家。

前王太子を廃嫡《はいちゃく》させる時の南の急先鋒《きゅうせんぽう》だったが、先年、代がわりをしている。

現在の当主は前領主の長子で、まだ二十九歳。名をトーリィ・シンラットと言う。

明るい金髪に海のような青い瞳。貴公子らしい整った顔立ちをした青年だ。

トーリィは、王都の屋敷の一室で客人と顔を合わせた。

「それで、お話とはなんでしょう？」

如才《じょさい》なく微笑《ほほえ》み、トーリィは尋ねた。

客人のホルン侯爵は、前置きもなく話しはじめる。

「シンラット侯爵。我々は、あなたの協力を必要としているのだよ。ぜひ我々に協力してくれないかね？　これは国に関わる重大な話だ」

ホルン侯爵は、オウミの中央に近い位置に領地を持っている。

先年の王太子廃嫡の騒ぎにおいて、どこの陣営にも属せなかった領主だ。

「どのようなお話でしょう？　内容を聞かなければ判断できません」

「我々は、マティサ様の復権を望んでいる」

トーリィは探るようにホルンを見た。

「復権と申しますと——王族のですか？　それとも王太子として？」

そのどちらかで、トーリィの対応も変わる。

王族として復権するだけなら、ダィテス公爵家と離縁すればいい。

だが王太子に返り咲かせるとなると、話は難しくなる。

もっとも、そのどちらも実行不可能だとトーリィは見ていた。

トーリィの問いかけに、ホルンは答える。

「もちろん王太子としてだよ。次の王は、マティサ様をおいて他にはない」

「今の王太子はジュリアス殿下ですが——どうなさるおつもりですか？　殿下を廃嫡に追いこむおつもりなのでしょうか？」

トーリィは、ホルンが自分に話を持ってきた理由がわかった。

トーリィの父である前シンラット侯爵は、マティサ廃嫡の際の南の急先鋒。

ジュリアスを廃嫡する際にも、その政治力をあてにしているのだろう。

「それは致し方なきことだ。もともとあの方は、王太子になるべきではなかった。あらゆる面でマティサ様に劣っている。それなのに、マティサ様をいわれなきことで糾弾《きゅうだん》し、廃嫡に追いこんだのは、卿《けい》のお父上を含む王妃殿下の一味。もっとも卿は、お父上とは違う。マティサ様の価値をわかっている。我々の話にも同意してくれるものと思っているよ」

それは確かにわかっている。

王級〝加護持ち〟の恐ろしさと利点。

トーリィは、できれば友誼《ゆうぎ》を結んでおきたいと考えている。マティサとハヤサの〝加護持ち〟、どちらとも。

「その話、東の領主方には？」

トーリィが尋ねれば、ひくりとホルンの顔が引きつった。

「もちろん、真っ先に協力を仰いだが――話にならん。マティサ様派だと思う者には声をかけたのだが……」

トーリィの口元に笑みが浮かんだ。

「ことごとく断られた。そうではありませんか？」

「シンラット候？」

ホルンはまだ若いトーリィの顔を覗きこんだ。トーリィの青い瞳には、憂《うれ》いの色が宿っている。

「このお話、聞かなかったことにさせてください」

「断ると？　なぜだね？　卿《けい》はマティサ卿と誼《よしみ》を結びたいのではないか？　復権に手を貸したとあれば、悪いようにはならないはずだ」

トーリィは緩く首を振る。

「マティサ卿の復権ですか。この話、一番喜ぶのはジュリアス殿下で、一番反対するのはマティサ卿本人でありましょう。我がシンラット侯爵家は、これ以上マティサ卿の不興《ふきょう》を買いたくないのですよ。ですから、聞かなかったことにします」

父が倒れてから、トーリィは家の方針を転換した。

父の目に見えていなかったものが、トーリィには見える。

シンラット侯爵家は、このままでは没落すると思えた。

ホルンは目を見開いた。

「本気かね？　復権に手を貸して不興を買うだと？　あるはずがない」

シンラットは深い溜息《ためいき》をついた。

これだから欲に目が眩《くら》んだ人間は扱いづらい。

ホルン侯爵は、マティサが王太子として復権すれば、手を貸してくれた者に感謝すると思いこんでいる。

しかし、それはとんでもない間違いだ。

「東の領主方だけではなく、マティサ卿と親交の厚い者ほど、そのお話をお断りしているはずです。彼らはマティサ卿をよくご存知だ。ジュリアス殿下を害することを、何より嫌われていると」

王太子時代からマティサがジュリアスを可愛がっていることは、有名だった。それこそ国外にも知られているほどに。

それは、廃嫡《はいちゃく》されたあとも続いている。

マティサは常にジュリアスを庇《かば》う。

「マティサ卿は、現在の地位に不満を抱いておられない。政略結婚ではありますが、奥方を愛しておられる。そうそう、奥方はどうなさるおつもりですか？　あの方がマティサ卿の妻である限り、卿は次期ダィテス公爵です。まさか、離縁させるおつもりではありませんよね？」

ホルンの顔色を見て、トーリィは苦笑した。

「それこそマティサ卿の恨《うら》みを買います。マティサ卿が愛妻家であることは、東の領主や騎士団長のソレイユ殿が確認されたとか。彼女を王太子妃と認められないのなら、そのような企《たくら》みはすっぱり諦めたほうが身のためですよ」

まったく表に出ることのなかった、ダィテス公爵令嬢ミリアーナ。

マティサに引きずられて表舞台に出てきたが――彼女自身の価値は、トーリィにもよくわからない。

なぜかマティサに溺愛されているようだが、特別な美姫《びき》というわけではない。

ただ――マティサと親交の厚いボルソワ騎士団の団長や、一部の領主が賢妻《けんさい》と認めていると聞いた。

仮にミリアーナを王太子妃にするからと言ったところで、ダィテス公爵家の当主グライムも、その話に乗らないだろう。善良で誠実――まかり間違っても、婿を利用してのし上がろうとは考えない人物だ。

苦労してマティサを復権させた場合、一番おいしいところは、すべてダィテスに持っていかれる。

舅《しゅうと》のグライムに取り入っても、意味がない。

こんな割に合わない話はないだろう。

「お引き取りを」

トーリィは、シンラット家が助かる選択をした。

◆

祝宴の準備で王都は賑《にぎ》わっていた。

王都在住の祝宴に招かれた貴族は、新たな衣装を誂《あつら》えたり、装飾品を買い求めたり、独身の者はこれ幸いと意中の相手にパートナーの申しこみをしたりと忙しい。

商人たちはかきいれ時とばかりに、祝宴に合わせて仕入れや大売り出しの準備を整える。

王都以外に住む貴族や周辺国の人間も、早い者はオウミの王都に集まりだした。

祝宴に向けて、着々と準備が進む。

そんな折、ナシェルはダィテス公爵家の王都の屋敷で意外な訪問客と顔を合わせていた。

シンラット侯爵トーリィ。

二人は違う肩書きを持っていた頃に、顔を合わせたことがある。

当時、トーリィはまだ侯爵ではなかったし、ナシェルはランカナの文官だった。

戦《いくさ》をする以前、オウミとランカナは盛んに交易をしていた。

そして今、一方は侯爵、もう一方は公爵家の家令という立場で再会。

ナシェルは、この若き侯爵を、ものの価値を見抜く曲者《くせもの》だと考えていた。

かたやトーリィは、些細《ささい》な言動やものごとから本質を理解し、いつの間にか情報を掻《か》っ攫《さら》っていくナシェル・オーガスを警戒していた。

とはいえ、表面上は穏やかに挨拶《あいさつ》を交わす二人である。

「このような形で顔を合わせることになろうとは、思ってもいませんでしたよ」

にっこり笑って言うトーリィに、ナシェルも笑みを返す。

「侯爵家を継がれたそうですね。おめでとうございます。僕も、まさか他国の公爵家に仕えるとは思いもしませんでした。それで、本日はどのようなご用件でしょう？　挨拶だけではないのでしょう？」

トーリィは、もったいつけることなく切り出した。

「マティサ卿の復権を目指す一派があります。先日、その一人が接触してきました」

「それは――」

想定のうちではある。必ずそういう者が出てくるだろうと考えていた。

だが、シンラット侯爵に接触したことが気にかかる。

ナシェルはすばやく答えを出した。

「背に腹はかえられない、ということですか」

「そうでしょう。前王太子を廃嫡《はいちゃく》に追いこむ際、南の急先鋒《きゅうせんぽう》だった我が家に接触せざるをえないのですから」

マティサ復権を目指す一派にしてみれば、シンラット家は憎《にく》い仇《かたき》のはず。

以前のことを水に流してまでも仲間にしたいところを見ると、それだけ話に乗る人間がいないということ。

そのため、復権派の規模は小さく、発言力も大したことがないと思っていい。

しかし、それだけに直接的な行動を取る可能性もある。

警戒はしておくべきだろう。

「どなたか教えていただけます？」

ナシェルの問いかけに、トーリィは言葉を濁《にご》した。

「……いいえ、今は伏せさせてください。まだ何かしたわけではありませんし、こちらの立場もあります。ただ――オウミの中央寄りの者だと言っておきましょう」

ナシェルが眼鏡の位置を直しながら呟《つぶや》いた。

「そうでしょうね。東は親マティサ派ですし、西はいまだ王太子派。どちらも、まず賛同しないでしょう。北には力のある者はあまりいません。残るは中央寄りの領主。それで、南から取りこもうとしたのでしょうね。侯爵家に直接話を持っていけるだけの家柄の人間ですか。本家の当主様《グライム》にも話を持っていかれたかもしれませんが、断ったでしょうね。確認を取っておきます」

相変わらず、一を聞いて十を知る。

侮《あなど》れない男だ、とトーリィは思いつつ言った。

「ああ、公爵は今回の祝宴に出席なさるのですか」

ちっとナシェルが小さく舌打ちした。

「相変わらず抜け目ありませんね。これだけで悟るとは」

確認を取れる位置に公爵がいる――公爵が王都にいることを見抜かれ、ナシェルは己の失言を悔《く》やんだ。

トーリィは、にっこり笑って言う。

「その言葉、そっくりお返ししますよ」

相変わらずこの男との会話は疲れる、と二人は同時に思ったのだが、表面上は穏やかに会話を進めた。

トーリィは、とっておきの情報を披露《ひろう》する。

「そうそう、『ハヤサの掌中《しょうちゅう》の珠《たま》』が祝宴に現れるという情報もあります」

「『ハヤサの掌中の珠』が?」

『ハヤサの掌中の珠』とは『虐殺人形《ぎゃくさつにんぎょう》』ナリス王の三人の娘のことである。一人はすでに嫁いでいるが、二人はまだ結婚していない。

滅多に人前に出ないと噂の美姫《びき》を祝宴に出席させる——それは、ハヤサがオウミとの縁組を考えているということだ。

もちろん、目的はジュリアス王太子だろう。

王太子がハヤサの姫を娶《めと》れば、後ろ盾にハヤサがつくこととなる。

そうすると、ますますマティサの復権は不可能だ。

その前にと、件《くだん》の一派が焦って何かしでかす恐れは充分にある。

まずいな、とナシェルは思った。

同じことを考え、トーリィも忠告に来たのだ。

「大したことができるとは思いませんが——そういう者がいることだけは、心にとめておいてください」

「ご忠告、ありがとうございます。何かありましたら、またお話をさせていただくことになるでしょう。その時は、よろしくお願いいたします」

事が起こった際は、遠慮なくシンラット家の力を使わせてもらおう、とナシェルは密かに決意した。

トーリィも、当然それを覚悟している。むしろ恩を着せられるなら、と喜んで力を貸すつもりだった。

会話を終えた二人は、表面上にこやかに握手した。

第五章　祭りの前

その小さな体は、柔らかな布にくるまれていた。

ふんわりと甘いにおいがする。

ふわふわの茶色の髪に、気持ちよさそうに眠っている顔。

何か夢を見ているのか、小さな口がもごもごと動いた。

「か～わ～い～い」

蕩《とろ》けるような笑顔で、ミリアーナはカティラ家の跡継ぎとなる赤ん坊を眺めていた。

四ヶ国同盟の調印式を兼ねた祝宴の一ヶ月前、ミリアーナたちは王都に移った。

宴《うたげ》に出る準備をするためだけでなく、コシスの甥《おい》の顔を見たいというミリアーナの希望を叶えたのである。

本日、ミリアーナはコシスの実家であるカティラ家を訪れた。

授乳を終えておしめを替えたばかりの赤ん坊はぐっすり眠っている。

ミリアーナは、そんな赤ん坊を飽きることなく見守っていた。

「ちっちゃい。おもちゃみたい。か～わいいっ！」

「マルスと申しますわ、ミリアーナ様」

トリスの妻であるユリナが、長男の名前を教えてくれた。

「お手柄ね、奥様」

「はい。これもミリアーナ様の教えのおかげですわ」

長い間、子宝に恵まれなかったトリス・ユリナ夫妻に懐妊術なるものを囁《ささや》いたのはミリアーナだ。

そのおかげかどうかはさておき、待望の跡取りが生まれたカティラ家は、喜びに満ちていた。

「次はミリアーナ様の番ですわね」

「ええ～と、まあ、こういうのは天からの授かりものだし。あっ、また動いた。なんの夢を見てるのかしら？　可愛い」

何も知らない赤ん坊は、眠りながらにへ～と笑った。


赤ん坊を囲んで和やかに話し合っている女性たち。

一方、男たちは少し離れた場所にいた。

伯父《おじ》となったコシスは、小さな甥《おい》にはじめて会ったのだが――

「小さすぎて壊しそうなので、触りたくありません」と距離を取っている。

確かに、小さくてフニフニの体は、ふとした拍子に壊れてしまいそうだ。

人より力の強い〝加護持ち〟としては、怪我をさせないか怖くて仕方がない。

「赤ん坊とは、本当に小さなものだな」

やはり怖くて赤ん坊に触れられないマティサが呟《つぶや》いた。

マティサはジュリアスが生まれた時に見ていたはずなのだが、改めて見ると本当に小さい。これが成長して大きくなるのかと思うと、不思議なものだ。

満面の笑みのトリスが言う。

「はい。妻の腹の中にいたのですから、小さいですよ」

「……」

「……」

マティサとコシスは、そろって黙りこんだ。

女性陣が囲む赤ん坊はとても小さいが、人の腹の中にいたのだと思うと大きい。さぞ重かっただろうと、男たちは考えてしまった。

トリスはコシスの弟だが、本当に血が繋がっているのか問いつめたくなるほど似ていない。兄より背が高く、横幅も厚みもある。

人懐っこそうな茶色の瞳に、息子にも受け継がれた茶色の髪。朴訥《ぼくとつ》な顔は、隠居《いんきょ》した父親似だった。

一方のコシスは、母親似。

母の違う二人はまるで似ていないが、兄弟仲《きょうだいなか》は良好だった。

「子供が生まれたばかりなので、妻は祝宴には出られません。自分は一人で参加しますが、兄上はいかがなされますか？」

トリスがコシスの予定を聞いてきた。

コシスが祝宴に出る時は、いつも親戚筋から都合のつく女性にパートナーを務めてもらっていた。

しかし近年、適齢期の親戚が次々と結婚し、その手を使うことができない。

「わたしは――」

「クラリサがパートナーよ」

コシスが答えようとした時、ミリアーナが口を挟んだ。

「クラリサ殿ですか？」

トリスは驚いた表情を浮かべる。

「あら？　トリスさんは知らなかったかしら？　以前の祝宴でも、クラリサがパートナーを務めたのよ」

トリスは瞳を輝かせる。

「兄上が、二度も、自分で、選ばれたのですか！」

「あら、お似合いだと思わない？　クラリサは背が高いけど、コシスも背が高いからちょうどいいでしょう？」

ミリアーナが口にしたのは、二人が並んだ時の身長差がぴったりだという点。しかし、トリスは明らかに別の意味に取っていた。

「そうですか！　クラリサ殿が！　おお、言われてみれば歳もそれほど離れておりませんし、クラリサ殿も器量よしですからな！」

「トリス、何か誤解していないか？」

急に勢いこんだトリスに、コシスが声をかける。

くるんっとトリスが兄に向き直った。

「誤解などと。兄上、兄上がその気なら、否《いな》やはありません！　どうぞご存分に！」

「何がだ！」

コシスは思わず叫んだ。

そんなコシスを無視してミリアーナは畳《たた》みかける。

「クラリサも、まんざらじゃないわよ〜。王都の王室主催の祝宴だもの。気合いを入れてドレスも新調したし。楽しみにしているみたい」

ちなみにドレスの予算は、ダィテス公爵家から出した。装飾品や靴も、抜かりなくそろえてある。

「そうですか、そうですか、クラリサ殿も」

ぐぐっとトリスが拳《こぶし》を握った。

「誤解だ！　誤解だぞ！　トリス！」

コシスはトリスの先走りを止めようとしたが、ミリアーナがそれを制した。

「やあねえ、コシス。今さら連れていかないなんて言わないわよね？　期待させておいて約束を反故《ほご》にするなんて、あんまりよ」

「それは言いませんが……」

祝宴に関しては、今さら反故にはできない。コシスとしても、他にあてがないのだ。

「楽しみね、祝宴」

ミリアーナの計画は続行中。今回の目的は、コシスの家族の懐柔《かいじゅう》である。

一方、実のところトリスは誤解などしていなかった。

だがこれを機に、独身を貫《つらぬ》く兄に結婚してほしい――

そこで、できることならコシスとクラリサをくっつけてしまおうと、画策することにしたのだ。

若きコシスに家督《かとく》を譲り、母親とともに領地へ引っこんだ父親も、コシスの結婚問題には頭を悩ませていた。

この機を逃してなるものか。

ミリアーナとトリスの利害は一致している。

コシスは、じわじわと外堀を埋められていた。

◆

東の大国カイナンの王都ケイファの屋敷にて、キリムはオウミに向かう準備をしていた。

「もうオウミに行くのか？　忙《せわ》しないな」

「従兄上《あにうえ》」

キリムに声をかけたのは、伯父《おじ》の嫡男《ちゃくなん》――キリムの従兄《いとこ》である。

カイナンのゲイン王の庶子《しょし》、キリム・ナダ。

父親譲りの燃えるような赤い髪を持つ、大柄な若者だ。

顔立ちは母に似たのか、ゲインとは似ていない。

彼は伯父に育てられ、従兄弟《いとこ》たちは本当の兄弟《きょうだい》のごとくキリムに接している。

「はい。オウミにて、ハヤサを加えた四ヶ国同盟を結ぶとの由《よし》。一月後《ひとつきご》、調印式と宴《うたげ》が行われまする。その祝宴に出席し、そのまま遊学に戻るようにと陛下のおぼしめしでありますれば」

キリムは、いつも通り元気いっぱいに答えた。

「オウミには、学ぶところが多いのでございます。武力なれば我がカイナンも負けてはおりませぬが、治政においては、さすが『賢王』と謳《うた》われるユティアス陛下ですな。平民の暮らしぶりが違いまする」

エチル、オウミ、カイナンの三国同盟が結ばれると、キリムはすぐオウミに行かされた。

ユティアス王の政治を間近で見て学ぶことが名目であったが――

実のところ、人質のようなものだった。

相手国への信頼の証《あかし》として、身内の人間を差し出すことはよくある。

このキリムの遊学は、ランカナとの戦いで一時中断された。

キリムもランカナとの戦争に加わり、大きな手柄を立てた。

そして、そのままカイナン軍について帰国。論功行賞《ろんこうこうしょう》で爵位《しゃくい》が上がり、キリムは新たな領地をもらった。

オウミ遊学の際に、キリムは王級〝加護持ち〟であることが判明した。

彼が〝加護持ち〟だと周囲の人間もうすうす察していたが、まさか王級だとは――

これには、ナダ本家も仰天。とはいえ、これで国から捨て駒《こま》のように扱われることはないと安心していた。

にもかかわらず、ゲイン王は再びキリムをオウミに行かせるという。

ナダ本家の人間は、キリムが不憫でならなかった。

もっとも、当の本人が遊学を喜んでいるので複雑である。

「オウミとは、もはや武力での衝突は愚策《ぐさく》。陛下は、友好を結ぶのが最善とお考えなのでございましょう。幸いこのキリム、オウミのジュリアス殿下、『黒の魔将軍』マティサ殿、『銀の守り刀』コシス・カティラ殿、『ハヤサの鬼』トウザ殿下と面識を得て、懇意《こんい》にしていただきました。それゆえ、陛下のご期待にそえるものと思うております」

無用な心配だったか、とキリムの従兄《いとこ》は思った。

オウミが元敵国だとか、庶子《しょし》ゆえの扱いだとか、そんな小さなことにこだわらず、信を得るという役割をキリムはとっくに果たしていた。

誰に教えられるでもなく、ゲイン王の希望を察して自分にしかできないことをなすキリム。

従兄は思わず、キリムの頭を撫《な》でた。

「従兄上《あにうえ》、自分はもう童《わらし》ではございませぬ」

「うん。そうだな。キリム……立派になって……」

キリムの従兄は、そっと涙をぬぐった。

◆

「だから、なんで怒られるのかわかんないんだけど？」

眉をひそめたケイシは、自分より少し背の低いレナードに不服を申し立てた。

「女のところに泊まりにいったんだろうが！　新入りとしてあるまじきことだ！」

レナードの苦言にケイシは反論する。

「恋人のところだよ。ちゃんと休みをもらったし、外泊届けも出したよね？　やるべきことはちゃんとやってるよ。なんでそれが駄目なの？」

ケイシとレナードは睨《にら》み合った。

「何やってんだ？」

険悪な雰囲気の二人にそう声をかけたのは、アザイ騎士団から異動してきたグインである。

レナードとケイシは、親衛隊の詰所《つめしょ》前で言い争っていたのだ。

当然目立つ。

ケイシから目を離さずに、レナードは状況を説明した。

「今、生活態度について注意をしていたところだ」

「反省することなんてないだろ。休みの日に恋人に会いにいって、何が悪いんだよ」

ケイシの言葉にレナードが赤面する。

「み、未婚の女性のところに泊まるなど――」

確かにケイシの外泊は休みの日に限られているし、届けも出している。

しかし、彼は相手と結婚の約束をしていないらしい。

レナードがいくら尋ねても恋人と言うだけで、その他については一切口にしない。

レナードとしては、婚姻の約束もできない相手と関係するのは不誠実だとしか思えなかった。

「はぁ？　何、堅いこと言ってんだよ。そんなの権利のうちだろ？」

生真面目《きまじめ》なレナードの意見を、グインが切って捨てた。

「俺だって女のところにぐらい泊まりにいくぞ？　ぐあ！」

悠然《ゆうぜん》と言ってのけたグインの後頭部を、同じくアザイからの異動組のシュライアスがどついた。

「あなたは、無断で娼館に居続けているのでしょうが。ケイシ殿とは天地の差です！」

氷のように冷たい視線がグインを貫《つらぬ》いた。しかし、グインはにへらっと笑う。

「なんだ？　妬いてんのか？　お前がその気ならこん――おぶしっ！」

振り返ったグインの顎を、シュライアスの拳《こぶし》が突き上げた。

実に見事な拳打《けんだ》である。

容赦の欠片《かけら》もない。

不埒者《ふらちもの》の成敗を終えたシュライアスは、何事もなかったかのように落ち着き払って進言した。

「隊長、ケイシ殿の行動は問題なく思われますが？　休暇も取っていますし、外泊届けも出しています。規律には反しておりません。いい歳をした大人の恋愛に、口を挟むべきではないと思います」

「そ、そうか？」

気圧されたレナードは、曖昧《あいまい》に言葉を濁《にご》した。

「それよりも——ここに問題のある男がっっ！」

シュライアスはグインの襟首を掴んで突き出す。

「昨夜、姿が見えないと思っておりましたら、無断で宿舎を抜け出し花町《はなまち》に泊まっておりました！

朝方こっそり帰ってきたところを捕獲しましたので、ぜひとも懲罰《ちょうばつ》を！」

どうやら無断外泊のグインを捕まえたシュライアスは、彼を突き出しにきたらしい。

てへっとグインが笑う。

「駄目だろ！　それはっ！」

ケイシは思わず叫んだ。

レナードも青筋を立てて怒る。

「規律に違反している！　由々《ゆゆ》しき事態だ！」

親衛隊の詰所《つめしょ》前で、新たな問題が浮き彫りとなったのだった。

◆

「王都の人手——警備か影の護衛を増やせませんか？」

王都の領館を任《まか》せているナシェルから、マティサにある提案が出された。

ナシェルが王都に来て一ヶ月ほどしか経っていない。しかし、彼はすでに屋敷の内外について把握し、仕切っていた。

彼の提案は、マティサとしても無視できない。

ナシェルは目端《めはし》の利く男で、どこからか情報を仕入れてきては最善の手を考えている。

そんな男の提案を断れば、あとで困るのはこちらだ。

「護衛はどうにかなると思うが、密偵はな——見習いたちは、ダイテスの中ではなんとか使える。しかし外となると——教官役を回してもらわなければならないだろう」

ダイテスは着々と密偵を育成していたが、見習いたちはまだ使いものにならない。

そのため外での活動の際は、教官役であるセイとカズルを回してもらっている。

しかし、その二人だけでは足りないとナシェルは考えているのだろう。

最近、教官役を一人増やしたと聞いている。

ダイテスの外で使えるだろうかと考えながら、マティサは尋ねた。

「何を掴んだ？」

ここで、ナシェルが爆弾を落とした。

「『ハヤサ掌中の珠』が祝宴に来られるそうです」

「ハヤサのか」

『ハヤサの掌中の珠』とは、トウザの三人の妹のことである。

モグワールの一豪族であった頃から、ハヤサはこの三人を表に出さなかった。

その姫君を出してくるということは、婚姻に対して積極的に動こうとしている表れではないか。

マティサはそう考えた。

ナリス王に似ていると噂の姫君である。

調印式を機に、縁談話を同盟国へ持っていこうとしているのだろう。

ハヤサがそういう態度に出れば、あるいはカイナンのゲイン王も娘を使ってくるかもしれない。

そしてエチルの王太子も、まだ独身である。

オウミとエチル、どちらでも縁組ができれば国にとって有益だ。

これでオウミの王太子妃が決まると――王太子妃の実家が王太子の後ろ盾となる。

ジュリアスの地位は安泰《あんたい》だが、逆にマティサ復権は絶望的だ。その場合、マティサ復権を願う一派を煽《あお》りかねない。

話が決まる前に、と一派が動く可能性もある。

なるほど、厄介な話だった。ナシェルが警備の強化を言い出すわけだ。

「嫁に話を通して、領防衛軍の長官に聞いてみるか」

マティサは天井を見上げて、そこに潜《ひそ》む人物に尋ねてみた。

「ナシタは使えると思うか？」

ナシタとは、新しい教官役の名だ。

ややあって、天井から返事が降ってくる。

「ナシタは『餓狼《がろう》』と呼ばれるほど強欲な男っすよ。呪式《じゅしき》が入ったままなんすけど、信用できるかどうかは……。うちのへんた——長官に心へし折られたはずなんすけど、どうっすかね？」

マティサは詳細をよく知らないが、エドアルドと『餓狼』ナシタ、そしてセイの間で何かあったらしい。

はじめて会った頃は虚勢を張っているように見えたナシタだが、ある時を境にびくびくすることが増えた。

「……何をしたんだ？」

「……変態がいつもしてることっす」

マティサの問いかけに、ものすごく嫌そうな声が返ってきた。

マティサは、それだけである程度のことを察した。

嫁の原稿を何度か見ているため、わかる。

「変態とはどなたのことですか？」

ニナイ長官の下で研修していたナシェルは、ほとんどエドアルドに接したことがない。

ダィテスにいた短い期間では、エドアルドの悪名まで耳に入らなかったのだろう。

「領防衛軍の長官エドアルド・アムールのことだ。気にするな」

ナシェルは顔を引きつらせた。

「……気にしないで済む話なんですか？」

「安心しろ。やつの被害は、今のところ限定的だ。余計なちょっかい出さなきゃ何もない」

エドアルドは変態だが、手当たり次第というわけではない。彼にも好みがある。

現在、理想の相手に巡り合って夢中なので、他には目がいかないだろう。

限定的な被害者は、天井裏で密かに涙ぐんだ。

「主様《あるじさま》……」

涙声のセイを無視して、マティサは尋ねる。

「『餓狼』の腕は？」

ややあって、返答が降ってきた。

「……まあ、そこそこっす」

セイの『そこそこ』なら、充分使えるとマティサは判断した。

マティサはナシェルに向き直る。

「一応、今日の通信で連絡を入れてみろ」

「……そういたします」

そこで、ナシェルは思い出したようにマティサに尋ねた。

「ハヤサの姫君にお会いしたことは？」

「ないな。とにかく、ハヤサは姫君を表に出すのを嫌っている。長女のタヴィナ姫が嫁いだ時がはじめてだったんじゃないか？」

トウザいわく、もとはモグワール対策だったらしい。

モグワールの王族は、美形と見ると目の色を変える好色漢《こうしょくかん》ぞろいだった。たとえ従姉妹《いとこ》——否《いな》、姪《めい》や孫にさえ手を出しかねない者ばかり。

人の妹や妻、娘など手当たり次第に囲っていたという。

妹たちが成長するにつれ、これは人前に出せない、とナリスは判断した。

父親そっくりなのに、加護を持たない普通の女だったからだ。

マティサとナシェルの脳裏に、寒気がするほど整ったハヤサ王の美貌があざやかに浮かんだ。

「夫に『人を惑わす海妖《かいよう》』ではないかと言わしめた……あのナリス王の娘ですからねぇ」

タヴィナを娶《めと》った際、夫は彼女を『人を惑わす海妖』と評したらしい。

「……そうだな」

ナリスにそっくりな顔をした女ならば、それくらい言いたくもなるだろう。

マティサとナシェルは互いに遠い目をして、会話を終えた。


その日、ナシェルはダィテスとの定期通信の際に、ナシタの件を切り出した。

連絡を受けたエドアルドは、すぐに答えた。

「いいですよ～。ちょっと呪式《じゅしき》を弄《いじ》れば、王都で使えると思いますぅ。まあ、セイ君やツナガ君ほどじゃないけど、そこそこ使える人ですから～。用心のために、呪符《じゅふ》をいつでも使えるようにしておいてくださいね。呪符は誰でも使えて、倉庫にあります。使用許可は出しておきますから。でっ、セイ君はいつ頃、帰れそうですか？」

後日、一台のバイクがダィテスから王都に向かって出発した。

人里離れた道を選んで走行するそのバイクは、誰にも気づかれることがなかった。

第六章　調印式

四ヶ国同盟の調印式は、オウミで行われた。

これは四ヶ国の中央にオウミがあるためだ。

各国の王たちが一堂に会し、署名と宣言を行う。

壇上には四ヶ国の王が集《つど》い、式に参列した貴族たちの注目を浴びていた。

特に、エチルのトゥール王とハヤサのナリス王の二人から目が離せない者が多かった。

新雪に似た銀の髪を持つトゥール王。抜けるような白い肌に灰色の瞳は薄く、繊細な美貌は清楚な白百合《しらゆり》のごとし。

一方、ナリス王は射干玉《ぬばたま》の黒髪に漆黒の瞳。肌は白く、寒気がするほど整った美貌を持つ。漂う色香《いろか》は、艶《つや》やかにナリスを彩《いろど》っていた。

並んだ二人の麗《うるわ》しさに、人々は溜息《ためいき》を漏《も》らした。

雄々《おお》しいゲイン王、『賢王』と名高いユティアス王も端整な容姿だが、トゥールとナリスがいると霞《かす》んでしまう。

その後、調印式は滞りなく行われ、エチル、オウミ、カイナン、ハヤサの同盟がここに結ばれた。

調印式が終わると、祝宴がはじまった。

これは新年を祝う宴《うたげ》もかねている。

新しい年に、新たな同盟を結ぶ。

まさに新年の祝いにふさわしい出来事であった。

四ヶ国からはそれぞれ重要人物が集《つど》い、周辺各国からもそれなりの人物が出席している。

城の警備が厳重なのは、以前、春の祝宴に曲者《くせもの》が入りこんでいたためだ。

今回は、馬車や従者にまで監視がついた。

その厳重な警備の中、祝宴は華やかに進む。

オウミが国家の威信《いしん》をかけて用意した会場である。

豪奢《ごうしゃ》ながらも品のよい装飾と、様々な工夫を凝《こ》らした極上の料理と飲みもの。

楽の音は、もちろん選びに選ばれた楽士が奏でている。

そんな中、参加者の目を引くのは、やはり四ヶ国の王たちだった。

加えて、エチルは王太子ルーファスを、カイナンはゲインの娘ロザリアと庶子《しょし》のキリムを、ハヤサは王太子トウザと第二王女サヨを出席させている。

次代を担《にな》う若者同士の交流を目的としていたが——それは表向きの理由だと皆が知っていた。

どの国も、婚姻を視野に入れているのだ。

ロザリアは、燃えるような赤い髪に気の強そうな顔立ちをした美少女である。

しかし、相手が悪すぎた。

トゥールとナリスという傾国級の美しさを持つ王が二人もいた上に、人前に出ないことで有名なハヤサの王女が来ていた。

ナリス王を若くして、その妖艶《ようえん》さを愛らしさに置き換えた少女。

それがハヤサの第二王女サヨだった。

艶《つや》のある黒髪を結《ゆ》わずに流し、花を模《かたど》った飾りをつけている。

純白のフリルがあしらわれた衣装をまとった少女は、人形のように可愛らしい。

その傍《そば》には、兄たるトウザがぴたりと寄り添って周囲に睨《にら》みをきかせている。

大柄で逞《たくま》しく、野性的な顔立ちのトウザが険《けわ》しい顔をしていると、非常に近寄りがたい。

「兄様《あにさま》、兄様、わたくし、こんなに人の多いところは、はじめてですわ」

鈴を転がすような可憐《かれん》な声で、サヨは兄に話しかける。

「ああ、同盟記念の祝宴だからな。四ヶ国だけじゃなく、周りの国からも客が来ている」

トウザは、知り合いが聞いたら仰天するほど優しい声を出した。

「ハヤサも同盟の一員なのですね。わたくし、父様《ととさま》と同じくらい綺麗な人を見たのも、はじめてですわ。エチルの王様も、とてもお綺麗」

「そうだな」

感動した面《おも》持ちでしゃべる姿は、小鳥がさえずっているかのようだった。

正真正銘の美姫《びき》。

トウザは深い溜息《ためいき》をついた。

トゥール王の美貌は、エチルではじめて会った時に見ている。

父親と張れるほど美しい人物だった。

ナリスの母親とトゥールの母親は、年代こそ違うが、大陸三大美女と謳《うた》われた人物。もう一人はマティサの母親リサーナである。

三大美女の美貌がことごとく息子に受け継がれているのは、いろいろな意味で残念だ。

ナリスの美貌は、三人の娘に受け継がれた。

トウザは、はじめての祝宴に頬を上気させている妹を静かに眺める。

この妹の性格は、うちの家系のどこから来たものなのだろうか――とトウザは首を捻《ひね》った。

まともだ。真っ当な女の子だ。

並外れた美貌を受け継いだ、〝加護〟を持たない妹。

トウザは、妹が心配でならない。せめて上の妹ぐらい気丈であれば、まだ気が休まるのだが。

その美貌ゆえに不幸な目に遭《あ》わないかと。

それはトウザのみならず、ハヤサの総意だった。

不穏な気配を感じて、トウザは思わずそちらを睨《にら》んでしまう。

サヨの美貌に邪《よこしま》な妄想を抱いた人間は、ことごとくトウザに刺すような視線を向けられて怯《ひる》んだ。

『ハヤサの鬼』とも呼ばれるトウザ。彼の勘は鋭《するど》い。

そんな兄の心情には気づかず、妹は兄を見上げて訴えた。

「兄様《あにさま》、なぜか、周りの人に見られている気がします」

「ああ。同盟国の客人なのだから、注目もされるさ」

トウザは妹を休ませようと会場内をざっと見渡し、こちらの負担を分担してくれそうな人物を見つけた。

「サヨ、少し休もう。それに、知り合いにも紹介したいしな」

「あい、兄様」


オウミの王太子ジュリアスは、ユティアス王と正妃リサーナの第二子である。

癖のない黒髪と黒い瞳、華やかな顔立ちは、兄と同じく母から受け継いだ。

しかし兄のような鋭《するど》さはなく、どちらかといえば可憐《かれん》である。

王太子として、それなりに煌《きら》びやかな礼服を身にまとったジュリアス。

彼が立っているだけで、念入りに化粧を施《ほどこ》して着飾った姫君たちも霞《かす》んでしまう。

社交の場では、戦争とはまた違った戦いが繰り広げられる。

にこやかに微笑《ほほえ》んで言葉を交わす裏で、互いの腹を探り合う。

ジュリアスも王太子。その役割を果たさなければならない。

挨拶《あいさつ》を交わし、あたりさわりなく会話をする中で、どうやら他国の人間は自分に縁談の話を持ってきたがっていると感じた。

ジュリアスには、許婚《いいなずけ》もいない。

これまでマティサという輝かしい存在の陰になり、ジュリアスが蔑《ないがし》ろにされていたと母は思っているらしい。

しかし、あの父のこと。ジュリアスの性質をずっと見極めていたのだろう。

王族は、王になる者以外は他国の王族と婚姻するか、臣下にくだって国内の有力貴族と婚姻する。

婚姻の際には、妻の実家が後ろ盾となる。

ジュリアスの後ろ盾にどこの家が最適か、ユティアス王は考えていたのだ。

しかし、ジュリアスが王太子となったことですべて変わってしまった。

押し寄せる縁談話に、母は今さらと激怒している。

父は父で、どこと縁を結ぶのが国益になるか改めて探っているに違いない。

王族の婚姻は、外交のカードなのだ。

ジュリアスが溜息《ためいき》をついた時、元気な声がかけられた。

「ご無沙汰《ぶさた》しております、殿下」

「あ」

燃えるような赤い髪に、生き生きとした茶色の瞳。

凛々《りり》しいしい中にもまだ幼さの残る顔。

屈託《くったく》なく笑うのは、東の国の二つ年上の友人だった。

「お久しぶりです、キリム殿。またオウミにいらしてくださったんですね」

「さようにございます。また遊学させてもらっております。いやはや、オウミはまことに学ぶべきことばかりですな」

キリムは、ルビーをあしらった飾りボタンの礼服を着ていた。

これは、ジュリアスが贈ったものだ。

「着てくださったんですね」

「はい。いただいたものは、使いませんと送り主に申し訳ありませぬゆえ」

大きさも丁度よく、キリムにとても似合っていた。

「お似合いです」

ジュリアスは、本心からの笑みを浮かべた。


元王太子であるマティサは、当然のことながら、妻のミリアーナをエスコートしていた。

ダィテス公爵令嬢ミリアーナ。

外見はそう目立つほうではない。

艶《つや》やかな黒髪に三つは若く見られる童顔だが、ぎりぎり美少女の範疇《はんちゅう》に入る程度の顔立ちだ。

王宮の祝宴には掃《は》いて捨てるほどもいる、十人並みの容姿。

マティサの隣に立つことで向けられる憎悪は半端ではないが、表立って悪口を叩ける者は少ない。

ミリアーナが公爵家の人間だからだ。

この場にいる多くの貴族たちにとって、ミリアーナの価値はそれだけだと言っていい。

マティサを辺境に縛りつけるためだけの人間。

しかし、だからこそ手が出せない。

公爵より上なのは王族のみ。

公《おおやけ》の場で上位の人間を侮辱《ぶじょく》したとなれば、命取りになりかねない。

せいぜい悪意のこもった目で睨《にら》みつける程度。

ミリアーナがふっと笑みを浮かべた。

「向けられる視線が刺々《とげとげ》しいわ♡　悪意がこもっているわね」

「……楽しそうに見えるのは気のせいか？」

マティサの問いに、ミリアーナは上品に笑った。

「婿様が素敵だからですわ」

マティサが着ているのは身分に合った程度の礼服だが、さすがに外見がいいと映《は》える。

華やかで鋭《するど》い美貌は健在だ。

「嫉妬《しっと》と羨望《せんぼう》の視線が心地よいわ」

「嫁ぇ……」

実のところ、ミリアーナはけっこうやけになっていた。

ダィテス公爵グライムは今回の宴《うたげ》に出席しているが、いつの間にか姿をくらましていた。

会場のどこかにはいるはずなのだが――

（パパン、ひどい！　見捨てたわね！）

二人はともに小動物的な危機回避能力を持つ父娘《おやこ》だが、ミリアーナは逃げたくても逃げられない。

ミリアーナがまとっているのは、薄紅色のドレスだった。

よくある型に見えるが、着替えのしやすい仕組みになっている。

美しいシルエットは残しつつ、一人で着られるドレスというコンセプトのもとに作られた特注品だ。

立体裁断で、コルセットを使用していない。

ミリアーナが身につけている装飾品は、ソメイヨシノを模《かたど》ったものだった。

この世界に桜はあるが、ソメイヨシノという品種はない。

あるはずのない花。

ミリアーナにはそれが似合うと、マティサは考えていた。

周囲の鋭《するど》い視線にも笑みを浮かべているミリアーナを、マティサは窘《たしな》める。

「あまり煽《あお》るなよ」

ミリアーナは口を尖らせた。

「煽ってるのは私じゃありませんよ」

ミリアーナは、上目遣いでマティサの腕にそっと手をのせる。すると、周囲の視線がいっそう鋭《するど》くなった。

「……俺か」

「私が婿様の妻である限り、恨《うら》まれますよ。どうしようもないじゃないですか。婿様が素敵すぎるのが悪いんです」

ぷん、とミリアーナは拗《す》ねた。

これにはマティサも苦笑するしかない。

「今回は他に注目されている人がいますけど、どうします？」

ミリアーナの問いかけに、マティサは肩をすくめた。

「端で大人しくしているさ」

今回はハヤサの姫君をはじめとして、カイナンやエチルの次世代を担《にな》う人物たちが来ている。

前回の春の祝宴のように、マティサが注目を浴びることはないだろう。

マティサは、大人しくしていれば問題ないと判断した。

そんなマティサの思惑は、とある人物によって台無しにされるのだが——

この時のマティサには、わかるはずもなかった。


マティサは面目《めんぼく》を保つためにミリアーナと一曲踊り、早々に会場を移動した。

そしてコシスとクラリサも連れて休憩用の一角に陣取った時、顔見知りが現れた。

「よう、久しいな次期ダィテス公爵」

久しぶりに見る友は、輝かんばかりに美しい妹を連れていた。

「見ればわかると思うが、妹のサヨだ。サヨ、次期ダィテス公爵のマティサ殿だ」

確かに見ればわかる。

トウザには欠片《かけら》も似ていないが、ナリス王とよく似ている。

ナリス王を若くして女にすれば、この妹になるだろう。

「まあ、あなたが？　兄様《あにさま》からよくお話を聞いておりますわ。サヨと申します」

ここで可憐《かれん》な王女は首を傾《かし》げた。

「なんとお呼びしたらよろしいのでしょう？　殿下ではありませんわよね？」

率直に問われ、マティサはなぜか微笑《ほほえ》ましい気分になった。

「卿か殿でけっこうです。王女殿下」

サヨはじっとマティサを見上げる。

「何か？」

「男の人というのは、兄様たちか父様か、どちらかのお顔をしていると思っておりました。どちらでもないお顔を見たのは、はじめてですわ」

トウザのようないかにも男くさい顔か、ナリスのような女にしか見えない顔か。

ハヤサの男たちは二極であるらしい。

それでいえば、マティサの顔はどちらでもない。

華やかさと凜々《りり》しさが同居する顔立ちだ。しかし、それをはっきり言われても困る。

どう返答しろというのだ。

マティサの顔をじっくり観察しつつ、サヨはしみじみという。

「世の中は広いものでございますわね。綺麗なお顔というものに、これほど種類があるとは思いませんでしたわ」

サヨの言葉には邪気《じゃき》がなく、美しいものを褒《ほ》めているだけらしい。

「……すまんな、少々箱入りで」

トウザは素直すぎる妹の発言を謝罪した。

「いや、いい。王女殿下、これは妻のミリアーナです」

「はじめまして。ハヤサの王女殿下。ミリアーナと申しますわ」

ミリアーナはサヨに挨拶《あいさつ》をした。

「トウザ殿下とは、親しくさせていただいております。もっとも、これほど愛らしい妹君がおられるとは聞いてはおりませんでしたわ」

その後、サヨはまだ紹介されていない人物がいることに気がついた。

しかし、こちらから名乗ってはいけないと兄に言われていたので、紹介されるのを待つ。

それに気づいたトウザは、口を開いた。

「妹のサヨだ。サヨ、こちらはコシス・カティラ殿だ」

「サヨと申します」

「コシス・カティラでございます。本来ならこの場にいるのにふさわしい身分ではございませんが、お見知りおきを」

「そちらの方は？　婚約者？」

サヨの視線は、クラリサに向いている。

コシスは、サヨにパートナーを紹介した。

「あ、いえ、そういうわけでは……クラリサ・シュライア殿です」

「クラリサと申します」

クラリサは優雅に一礼する。

「まあ、婚約者ではありませんの？」

サヨが不思議そうに言う。トウザも怪訝《けげん》な表情を浮かべた。

ダンスのパートナーだったからだろうと、コシスは結論づけた。

しかし、その裏でミリアーナは密かに微笑《ほほえ》んでいた。

何はともあれ、一行は休憩用のソファーや椅子を占領し、一息つくことにした。


マティサとしては目立たないよう隅で大人しくしているつもりだったのだが、トウザが妹を連れてきてしまっては仕方ない。

「悪いな。ちょっと、一人じゃ心もとなかったんでな」

トウザは軽く手を上げて、マティサに謝罪した。

「いや……気持ちはわからんでもない」

女性陣が一塊《ひとかたまり》になっている横で、男たちはこそこそと話す。

「あいつは、あの顔にあの性格だろう。どうにも不安でな。いや、あそこまで親父《おやじ》と同じ顔でなきゃよかったんだが――うちの妹は軒並み親父に似ちまって、おまけに加護があるわけじゃねえし。心配で、心配で」

「わかる」

マティサは頷《うなず》いた。

傾国の美女級の妹である。それもごく普通の女だ。

「あれで上の妹みたいに気丈ならまだいいんだが――下の妹二人は、普通だからな。俺としちゃ気が気じゃねえ」

なぜだかマティサには、トウザの気持ちが痛いほどわかった。

マティアスにも、弟ジュリアスがいる。

兄というのは、皆こうなのだろう。

「兄上」

声をかけられて目を向けると、そこにはキリムを伴ったジュリアスが立っていた。

「お久しぶりにございます！　トウザ殿下！　マティサ殿！」

キリムの元気な声が響きわたり、目立たないようにするという計画が早くも失敗したことを、マティサは悟った。

「久しいな、キリム殿」

それでも笑顔で挨拶《あいさつ》ができるのは、元王太子の嗜《たしな》みである。

挨拶を交わして席についた時、ジュリアスは不思議そうに言った。

「クラリサ殿はコシスの恋人ではないのですか？」

慌てたのはコシスだ。

「な、何をおっしゃいます！」

「え？　だって――」

そこでジュリアスは、クラリサを見る。

キリム、トウザ、サヨも不思議そうな顔でクラリサを注視した。

つられてクラリサに目を向けたコシスは、皆が誤解する理由にやっと気がついた。

銀糸の縫《ぬ》い取《と》りのある水色のドレス。装飾品も銀細工で統一している。

その上品な装いはとてもクラリサに似合っていたのだが、隣にいるのは水色の目に銀髪のコシス。

自身に起因する色彩で恋人を着飾らせる。

それは、彼女が自分のものだというアピールに取られても不思議ではない。

コシスは内心、絶叫した。

(しまったぁぁああ！　謀《はか》りましたな、お方様！)

しかし祝宴で粗相《そそう》をするわけにはいかない。

コシスは言い訳もできず、赤面して黙りこんだ。

陰で首謀者が笑っている。


注目される人間が一ヶ所に集まって会話していると、周囲の者たちは逆に声をかけづらくなるらしい。

それに気づいたのか、エチルの王太子ルーファスまでもがマティサたちの輪に加わった。

どうやらルーファスも避難してきたようだ。

一方、カイナンのロザリアは一人で大勢の貴族たちを相手にしており、こちらには来なかった。

「オウミとエチルには海がないそうですわね。ハヤサは海の国なので、海のない暮らしというものが想像できませんわ」

サヨが好奇心いっぱいに尋ねる。

これに答えたのはルーファスだった。

「エチルは、もともと竜骨に沿った国の一つでした。攻めてきた国を義父上《ちちうえ》が併呑《へいどん》したため、国は大きくなりましたが、王都は動かしていませんので、山脈を仰ぐ位置に王宮があります。竜骨からは様々な恵みをもらっていて、一部からは岩塩が取れるのですよ」

ルーファスはキリムより一つ年上で、ミリアーナと同じ歳だ。

整った顔立ちではあるが、トゥールのような儚《はかな》い印象はない。

背が高く、淡い金髪で、灰色の瞳だけがトゥールと同じだった。

「まあ！　お山から塩が」

目を丸くしたサヨに、ルーファスが付け足す。

「山も海も、人に恵みを与えてくれるというところは同じですね」

その言葉に続けて、ジュリアスが口を開いた。

「オウミも竜骨に接していますが、北側だけで、他は割と平坦な土地が多いのですよ。肥沃《ひよく》な土地が多く、恵まれていますね」

これにキリムも加わり、カイナンの話をする。

「カイナンには海がありますが、あまり大きな港を築けない地形でして……峻厳《しゅんげん》な山が多く、難《なん》儀《ぎ》しておりますな」

若い彼らは打ち解け、自国の話や家族の話をした。

「兄様《あにさま》は、あまりハヤサに長居してくれませんの。気がつけば遠出しておりますわ。そのかわり、遠い異国のお土産《みやげ》をくれたり、お話をしてくれたりしますの」

サヨが兄であるトウザの話をすると、ジュリアスは相槌《あいづち》を打った。

「そうですか。それは珍しい話を聞けますね」

「あい。この間はカガノのお話をしてくれましたわ。なんでも、ランカナでカガノの『黒風』というお方と矢戦をして、以前カガノを旅した時のことを思い出したとか」

「ああ……あの人のことですか……」

ジュリアスは、自分の隊に所属するカガノ出身の男を思い出した。

「知っている人ですの？」

サヨが聞くと、ジュリアスは頷《うなず》いた。

「たぶん僕の隊にいる人です。兄上が推薦してくださって」

サヨとジュリアスは、それなりに盛り上がっていた。

しかし、その様子は男女が仲良くしているというより、可愛い生きものがじゃれあっているように見える。

「もしやそれは、ランカナにいた王級〝加護持ち〟の傭兵《ようへい》のことでございますか？」

キリムが嬉しそうに言った。

「ええ、そうです」

「おお！　話は聞いております。あいにくとその場にはおりませんでしたが、トウザ殿下と互角にやりあい、マティサ殿ともよい勝負をしたと。どのような御仁ですかな？」

武人として猛者に興味のあるキリムが、勢いこんで聞いた。

「王級の〝加護持ち〟が傭兵ですか？　信じられませんね。なぜ傭兵なんかに」

ルーファスも関心を持ったようだ。

ジュリアスは、自分の隊に所属するケイシについて話した。

「大きな人ですよ。その割に優しげな顔立ちで、いつもにこにこしている明るい人です。強いのは確かですね。この前、騎乗戦闘訓練をしたのですが、誰も相手になりませんでした」

ここで、サヨが以前トウザに聞いた話を披露《ひろう》した。

「カガノの方は、お馬に乗るのが上手だと兄様《あにさま》が申しておりましたわ。お馬を走らせたまま、矢を射るのが得意なのだそうです」

「そうですね。それもやって見せてくれたのですが、かなりの速さで馬を走らせながら矢を射て、一つも外しませんでした」

ジュリアスは、つい先日行われた訓練の話をした。

これは、隊の中で騎乗戦闘ができない人間が多数いたことが発覚し、レナードが急遽《きゅうきょ》行《おこな》った特訓だった。

さすがに『黒風』の異名を取るだけあり、ケイシには誰も敵《かな》わなかった。

「それはすごい」

ルーファスは感嘆《かんたん》の声を上げる。

「兄様も弓矢は得意ですわ。〝加護持ち〟は皆そうなのですか？」

サヨは、キリムを見て尋ねた。

しかし、弓は人並み程度で、どちらかといえば接近戦闘が得意なキリムは慌てた。

「あ、いや、〝加護持ち〟というのは、人より力が強かったり、速く動けたり、持久力があったりするだけ。得意になるかどうかは、その人の修練次第でございますな。力にも個人差がありますれば、一概には言えませぬ。力を使いこなせるかどうかは本人の鍛錬《たんれん》にございまして——。おそらく、大陸最強と名高い『無敗王』殿や『虐殺人形』殿も、血の滲《にじ》むような鍛錬の末、あの力を手に入れたものと思いますれば——」

『虐殺人形』の実の娘であるサヨは、目を丸くした。

「まあ！　そうなのですか？　父様《ととさま》は鍛錬なさっていたのですか？」

その問いかけに、キリムは慌てる。

「いえ、自分に聞かれましても！」

いろいろと盛り上がる様子を眺めながら、マティサとトウザは気が張っていた。

重要人物が一ヶ所に集まると逆に警護しやすいので、これはこれでよかったと思うしかない。

「……親父《おやじ》は鍛錬《たんれん》しているのかね？」

トウザの呟《つぶや》きに、マティサは突っこみを入れた。

「家族が他人に聞いてどうする」

まあ、訓練ぐらいはしただろうとマティサは思った。

〝加護持ち〟というだけで強いと思われがちだが、それだけで力を使いこなせるわけではない。

〝加護持ち〟にも得手不得手はある。

トウザが弓を得意としているのは、とてつもない視力と腕力、握力があってこそだ。

トウザの握力——指の力はかなり強い。

それこそ人の手首を骨ごと握りつぶせるほどには。

しかし、〝加護持ち〟が皆そうなのかと聞かれれば違うと言うしかない。

「親交を深めているようだな。これも思う壺《つぼ》か？」

婚姻を計画しているであろう人物を脳裏に思い浮かべながらマティサがぼやくと、トウザは否定とも肯定とも取れない言葉を口にした。

「さあな、どっちにしろ今頃やきもきしてるだろうよ。あれで親父も、妹を大事にしているからな」


ハヤサのナリス王は、眉宇《びう》をひそめて一点を注視していた。

エチルのトゥール王は、その視線の先にあるものを知りつつ声をかける。

「気になりますか？」

「『無敗王』殿かえ。そうよの、我はあれが気になって仕方ないえ」

ナリスはとりつくろうことなく答えた。

「お美しいお嬢様で」

トゥールはサヨを褒《ほ》め讃《たた》えたが、ナリスの表情はさらに曇《くも》る。

「あれほどに我に似ていなければよかったにのう……」

ナリスの苦悩を感じ取り、トゥールは尋ねた。

「何か問題が？」

「過ぎたものは不幸しか呼ばぬ。覚えがあろう？」

「……お嬢様があの美しさゆえに不幸になるのではないかと、恐れておられるのですね」

トゥールにも、思い当たる節《ふし》があるようだ。

ナリスの母もトゥールの母も、その美貌ゆえに王に望まれて寵妃《ちょうひ》となった。しかし、その一生はとても幸せとは言えないものだった。

大陸三大美女と呼ばれた美姫《びき》の中で、王の正妃となったのはリサーナだけだ。

オウミのユティアス王の妃、マティサとジュリアスの母親である。

三大美女の美貌は息子たちが譲り受け、ナリスから娘にも受け継がれた。

「あれは加護を持たぬ。我とは違う」

「ですが、それを理解し、護る者たちがおりましょう。お嬢様が不幸なはずはありません」

「しかし、あれは女子《おなご》じゃ。女子はいつか誰かのもとへ嫁いでゆくのじゃ。そうなれば、我らはもはや護ってやれぬ。幸せかどうかは、嫁ぎ先で決まってしまうのじゃ。我はそれが歯がゆい」

智謀《ちぼう》で知られるナリス王だが、今ここにいるのは、娘を心配する一人の父親だった。

「あなたの目で見極めた方に、嫁がせたらよいのではありませんか？　あなたなら、むざむざお嬢様を不幸にする男には渡しませんでしょう」

そんな二人の会話に、ゲインが口を挟んだ。

「むう、あれだけの美貌だ。引く手あまただろう。その中から、選べばよい。ナリス殿が隠すはずだ。まだ幼いが、なんと美しい」

ナリスはぎっとゲインを睨《にら》んだ。

「そなたにはやらぬ。四十路男になど渡さぬぞ」

「わかっておるわ。ナリス殿、さすがにそなたの娘は所望せぬ」

ナリスの心中は複雑だった。

娘の幸せを願ってはいるが――その娘の婚姻さえ手札として使わねばならない。長女タヴィナのように。

もちろん、相手は選びに選んだ。娘を泣かせるような真似はしないだろう。

そして今回も、二人の王太子の性質を見込んだからこそ、サヨを人前に出した。

それでも父の思いは複雑なのだった。

「笑《わろ》うてよいぞ。我は所詮、小物じゃ」

ふっとナリスが苦笑した。

「智謀で知られる方が何を言いますか」

「そう言われることこそ、我が小物の証《あかし》よ。真《しん》の知恵者はの、騙《だま》したことすら悟られずに墓まで行く者のことぞ。その生涯に策を弄《ろう》したことなどない、とな。我など小器用なだけよ。その場その場を凌《しの》いでおるだけじゃ。じゃが——是非もなし。我は負けられぬのじゃ」

ぎりっとナリスが歯噛《はが》みする。

「我は王になってしもうた。ならば負ける戦《いくさ》はしてはならぬ。どのような手段を使ってものう」

「——それはわかります。わたくしも王になってしまったからには、庇護《ひご》下にあるものを護らなければなりません」

ナリスとトゥールは、いずれも王座につくはずではなかった。

ナリスは妻が謀殺されなければ、モグワールの一豪族として一生を終えただろう。妻と家族さえ傍《そば》にいてくれたなら、それで満足だったのだ。妻の復讐のため、王になっただけのこと。

そしてトゥールの兄がもう少しまともな王であったなら、トゥールは王弟としてエチルを支え続けただろう。

しかし至らぬ兄がいなくなった時、あいた王座に座ることができる者は、トゥールしかいなかった。

二人とも譲れぬ理由で決起し、王座についてしまった。

王になったからには民を護り、国を支える必要がある。

それを怠《おこた》れば国は崩壊し、自身を信じてついてきた国民を路頭に迷わせる。あってはならないことだ。

二人の王の共通点は、もう一つある。

戦えば無敗。

その手段は正反対とはいえ、根底にあるものは同じだ。

負け戦《いくさ》など、してはいけない。

ゆえに、トゥールもナリスも自分からは戦を仕掛けない。

致し方なき時、ナリスは謀略《ぼうりゃく》をもって勝てる戦《いくさ》へとお膳立《ぜんだ》てをし、トゥールは力ずくで勝利をもぎ取る。

いずれも庇護《ひご》すべき民草《たみくさ》、国のためだ。

生まれた時から王座を約束されていたゲインは、二人の話を聞いてなんとも言えない表情を浮かべた。


会場に、いつの間にか黒い蝶が紛れこんでいた。

マティサが手を伸ばすと、蝶はその手の上にとまる。

マティサは小さく囁《ささや》いた。

「見つかるなよ」

蝶は了承の旨《むね》を伝えるように、マティサの手の上でくるくると回り、やがてふわりと飛び去った。

時を同じくして、某所に潜《ひそ》んでいたカズルは、片頬を上げて笑う。

「どうしたんすか？」

カズル同様、身を隠していたセイが尋ねた。

「見つかるなと言われたよ」

今回の祝宴において、オウミの密偵組織を束ねるノクトじきじきに、会場には来てくれるなと嘆《たん》願《がん》された。

交渉を重ね、ミリアーナに専属の影の護衛をつけることを条件に、ダィテスの密偵は王宮に足を踏み入れないこととなった。

しかし、カズルの術は別である。

カズルは実体を伴う魔法は使えないものの、自身の目となり耳となる幻を使役する。

幻には実体がない。

どんな壁でもすり抜け、入りこめない場所はない。

情報を集めるのに、これほど役立つ力もないだろう。

「限界だね。今以上に離れると見えなくなる」

城壁に張りつきながら、カズルが申告した。カズルの術にも限界があるのだ。

王城を見上げながらセイが呟《つぶや》く。

「便利な力っすね」

「君の力ほどでもないな」

「我が君、わたくしはこれで」

「そうか、もうそんな時間か」

コシスが退席を告げた。

家督《かとく》を弟に譲った現在のコシスは、貴族に準ずる身分。そのため、長くは会場にいられない。

パートナーとともに会場を離れ、従者のために用意された部屋で主《あるじ》が帰るのを待たねばならない。

「カティラ殿は騎士の身分なのでございますか？」

オウミの現状に詳しいとは言えないキリムが尋ねた。

「そうだな。わざわざ招待状が来なければ、出席すら認められないのだが――」

マティサは苦笑した。

今のコシスは、元子爵。身分といっても、士分がある程度。

普通なら、王城での催《もよお》しに呼ばれる身ではない。

わざわざ王が名指しで招待状を送ってきたため、コシスは居心地の悪い思いをして祝宴に出なければならないのだ。

首を傾《かし》げるキリムを見て、マティサはあることを思い出した。

「そういえば、爵位《しゃくい》が上がったそうだな。おめでとう」

「あ、いえ、それほどのことはしておらぬのですが」

ランカナとの戦いの働きを認められ、キリムは伯爵となった。

「キリム様は王様のお子なのでしょう？　庶子《しょし》でも公爵ではないのですか？」

サヨが不思議そうに尋ねる。

「サヨ、前に話しただろう？　自分がふさわしくなってからにしてほしいと、爵位を断った庶子《しょし》の話を」

トウザが言うと、サヨが手を打った。

「まあ、あの？」

「ああ、その話なら耳にしたことがあります。ずいぶん潔《いさぎよ》い御仁だと」

ルーファスもキリムの話を思い出したようだ。

「いや、その、確かに陛下の子ではございますが、それだけの実力を持たぬうちから血筋だけで大きな責任を持たされても、領民が困るだけでございます。まずは自分が力をつけねばなりません」

キリムは慌てて否定したが、その考え方は感心されるだけだった。

王の庶子ならば、公爵の位を賜《たまわ》って当然。

しかもキリムは王級〝加護持ち〟なのだ。特別視されてもおかしくない実力がある。

本人にその才がなくとも、能力ある人物を雇えばいい。

だが、キリムは名実ともに、領地を治めるだけにふさわしい力をつけたいと考えていた。

一方のルーファスは、血筋だけで次の王になると決められている。

彼は、トゥールが倒した兄王の子である。

トゥールは彼を養子に迎えた。そして、王座を自分の子には継がせない、正当なる系統に戻すと宣言している。

ルーファスは、キリムの考え方を羨《うらや》ましく感じた。

本当に自分が次の王にふさわしいかと問われれば、彼は否《いな》と答えるだろう。

父は王としてふさわしくなかった。だから義父《ちち》が王として立った。

ルーファスは、王として真《しん》にふさわしいのは義父であり、玉座はその血筋に継がせるべきだと思っていた。


にこやかに話し合う、次代の国を支える王太子たち。

彼らを横目に、ゲインの娘ロザリアは一人で客人の相手をしなければならなかった。

次から次へと申しこまれるダンスに笑顔で応《こた》え、ステップを踏む。

キリムには知らされていないが、ロザリアたちが祝宴に出ることになったのは、ハヤサの姫がきっかけだった。

人前に出ることのない姫君が祝宴に参加すると知り、ゲインは慌てた。

カイナンがオウミとの縁組を望んでいなかったのは、いずれオウミを呑みこむという野望があったからだ。

婚姻関係を結んだ場合、嫁に出した我が子を犠牲にする覚悟がなければ戦《いくさ》を仕掛けられない。

だが三国で同盟を結び、それにハヤサが加わることとなった。

エチル、オウミ、ハヤサを同時に相手にできる戦力など、あるはずがない。

すなわち、この同盟を破ることはできなくなった。

ならば懐柔策《かいじゅうさく》をとるしかない。

それには縁組が一番いい。

幸いゲインには子が多い。

使える手札は多いのだが——ハヤサに先を越されそうだった。

ハヤサのナリス王の美貌は、先のランカナとの戦で確認したところだ。

それによく似た姫となれば、どれだけの美しさか。

今までまったく外に出さなかった姫を出すなど、明らかな縁組目的。

遅れてはならじと、ゲイン王はロザリアとキリムを送りこんだ。

幸い三国の王太子は皆独身で、婚約者もいない。

ロザリアは、このうちの一人を射止められればよいと言われたが、無理である。

なんなのだ、オウミの王太子のきらきらしさは——ロザリアは、人知れず溜息《ためいき》をついた。

男なのに、あの可憐《かれん》さはない。華やかでいて、どこか儚《はかな》げな美貌。彼の隣に立つ自信など欠片《かけら》もない。

彼女は自分の美貌にそれなりの自信があったものの、見事に打ち砕かれた。

数年前に突如現れた異母兄《いぼけい》キリムは、ジュリアス王太子と仲がいいようだ。

しかし、そこから取り入ろうにも声をかけづらい。

それに、ハヤサの姫の美貌も恐ろしい。

ジュリアス王太子の隣に立っても見劣りしない、人形のような愛らしさ。

同じ人間とは思えず、女として大事な何かで完全敗北した。

無駄に見目のよい異母兄がハヤサの姫を籠絡《ろうらく》してくれればいいのだが、色事《いろごと》に疎《うと》い彼には無理な話だ。

ジュリアス王太子たちの間で話は盛り上がっているようだが、艶《つや》がない。

どこまでも健全な気配しかしなかった。

その中に、色事を目的として入りこむのは気が引ける。

ロザリアは、静かに怒りを噛《か》み殺していた。


水色のドレスを着た美女を伴って退出するコシス・カティラを遠目で見送り、ユティアス王は溜《ため》息《いき》をついた。

ユティアスは祝宴にかこつけて、コシスに軍への復帰を促《うなが》すつもりであったのだ。

彼は、このまま埋もれるには惜しい人材。

それは軍属の総意と言ってもいい。

かつての仲間から勧めてもらうこととなっていた。

顔を合わせれば、多少なりとも心を揺さぶられると思ったのだが――口説《くど》こうにも祝宴の間中、コシスはダィテスの関係者とともにいる。

これでは、話の持っていきようがない。

いわば引き抜きであるのだから、現在の雇い主の前でできる話ではなかった。

コシス・カティラが復帰するのなら、最初から高い地位につけても誰も文句は言わない。むしろ当然と歓迎するだろう。

だが、ダィテスで生涯の伴侶《はんりょ》を見つけてしまった場合、この話は難しくなる。悩ましいところだ。

それにしても、パートナーに自分の目の色と同じ衣装をまとわせ、銀細工で飾り立てるとは――

コシス《あれ》も意外と独占欲が強かったのだな、とユティアスは思った。

ミリアーナ・ダィテスを見たのははじめてだったが、実年齢より少しばかり幼く見える。

そこそこ美しいといった程度の外見だが、如才《じょさい》なく周囲の会話に合わせているところを見ると、頭の回転は速いようだ。

マティサと仲はいいようで、あの息子が傍《そば》から離さない。

ちょこんと座っている姿は小動物のようだ。

その真価はいかなるものか。

マティサを夢中にさせているのであれば、なんらかの魅力があるのだろうが、ユティアスの目に、いまだそれは見えていなかった。

ロザリアやユティアスの視線には気づかず、ミリアーナとマティサは、次代の若者たちの賑《にぎ》やかな様子を見守っていた
ジュリアスとサヨの会話は、なぜか各々《おのおの》の兄の話になりがちである。
二人とも、兄の話となると嬉しそうな表情を浮かべた。

聞き耳を立てていたミリアーナは、サヨもブラコンだと密かに認定した。

トウザもシスコンっぽかった。

賢明にも、それは口にせず一人でにやにやしていたのだが。

「まあ、飲めよ。話しっぱなしじゃ、喉も渇くだろ」

トウザは一同に飲みものをすすめた。

「いただきまする」

まずはキリムが杯《さかずき》を取り、くいっと水のように飲み干す。

「ちょっと、そんな飲み方して、大丈夫？」

ミリアーナが悲鳴を上げた。

キリムが取ったのは、ワインの杯だったのだ。

「は？　自分、いつもこのように飲んでおりますが、何か不都合が？」

キリムはけろりとしている。

「一気飲み……そういえば、ゲイン王様の息子なのよね……キリム君……」

「どうかしましたか？」

首を傾《かし》げるキリムの隣で、ルーファスもワインの杯をあけていた。

「言ってるそばから、水のように！」

ルーファスも、あのトゥールの血筋。

ゲインとトゥールは、ダィテスを訪れた際に、何本も蒸留酒をあけていった。

ミリアーナは、血のつながりに感じ入って呟《つぶや》く。

「酒豪《しゅごう》……」

キリムは首を横に振った。

「いえ、自分はそう飲むほうではありませぬ。少々、嗜《たしな》む程度で」

この地域では、初陣《ういじん》を済ませば一人前と認められて飲酒が許される。

キリムの初陣は、十四歳であった。

「キリム殿……」

マティサが難しい顔をした。

「言っておくが、カイナン人の『少々、嗜む』は他国だと酒豪だ」

「は？」

キリムは目を丸くする。

カイナン人には酒豪が多い。

ゲインも強い蒸留酒を鯨飲《げいいん》していた。

カイナン出身であるセイも、飲めば底なしなのだ。

「たぶん、ワインの一本や二本、一人であけるだろうが、他国でそれは、強いほうだからな」

「そうなのでありますか！」

キリムが驚きの声を上げた。

「まさかの瓶《びん》単位！」

ミリアーナも驚愕《きょうがく》する。一杯、二杯ではなく、本。すなわち瓶で数えるのかと。

ルーファスが納得できないという顔をしていた。

マティサは付け加えた。

「エチル人も、酒豪《しゅごう》ぞろいだぞ」

ルーファスの義父《ちち》トゥールも、酒豪として有名だ。

カイナン人もエチル人も、酒にはかなり強いほうなのだ。

なお、マティサはザルだが、オウミ人はそうでもない。

その時、トウザが口を挟んだ。

「それで言やあ、ハヤサ《うち》は極端だよなぁ。島や海側の人間は飲むんだが、内陸側のやつはあんま飲まねえ」

ハヤサは、内陸と近海の島々でなる。

海にほど近いところに住む人間や島の人間は酒を好むが、内陸の人間はあまり強くない。

極端な例をあげるとすれば、ナリス、トウザの親子だ。

「親父《おやじ》は内陸のほうの人間なんで酒に強くねえんだが、俺は飲む」

トウザの母親もまた、酒豪であった。彼は母の遺伝を受け継いだらしい。

「ザルというか、ワクだな」

長い付き合いのマティサが茶々《ちゃちゃ》を入れた。

「うるせえよ」

「それ、本当ですか？」

ミリアーナがトウザに尋ねる。

「まあ、飲むけどよ」

「トウザ殿下の話ではありませんわ。ナリス王様、お酒に弱いんですか？」

ミリアーナは真剣である。

「ああ、一杯か二杯でつぶれる。飲むのは嫌いじゃねえようなんだが、弱くてよ」

トウザの答えを聞いて、キリムとルーファスが驚愕した。

「二杯！　たった二杯でつぶれるのでありますか！」

「そんな人間がいるなんて！」

酒豪のカイナン人とエチル人にとって、衝撃だった。

「弱い人間は、本当に飲めないからな」

マティサの言葉に続けて、キリムが問う。

「飲めないとは、飲めるけど味が気に入らないから飲む気がしない、という意味ではないのでございますか？」

「キリム殿。酒において、カイナンとエチルの常識は、他国の一般的な常識ではない」

マティサの告げた新事実に、二人の若者は衝撃を受けたようだった。

（当てが外れたわねえ）

ミリアーナは一人で考えこんだ。

ダィテス訪問以来、カイナンとエチルとは密かに連絡を取り合っている。

セタ城に来た両国の密偵は、必ずブランデーとウイスキーを大量に購入していく。

両国の王への土産《みやげ》らしい。

ダィテスで飲んだ蒸留酒が、よほど気に入ったようなのだ。

一定期間、樽に貯蔵して香りと色を移す手法。ミリアーナの前世で、この手法は禁酒時代に偶然発見されたものだ。もとより知っていれば真似をするのは簡単だが、知らなければ作りようがない。

そこでしか手に入らない品は、いい取引材料だ。

主《あるじ》へ献上すべく、長い道のりと重量をものともせず帰国する密偵たちがいじらしい。

とりあえず、両王へのご機嫌うかがいの贈りものは酒に決めていた。

しかし、ナリス王が下戸《げこ》ならば、蒸留酒は役に立たない。

トウザは喜ぶかもしれないが、ハヤサ王の機嫌を取る贈りものは、考え直さなければならないだろう。

何かないものかと、ミリアーナは一同の会話に聞き耳を立てた。

各国との友好をはかるのも、ミリアーナの役目である。

第七章　花はいずこに

四ヶ国同盟は、つつがなく結ばれた。

カイナン、オウミ、エチル。これに加えて、戦力は大国並みと謳《うた》われるハヤサが加入したのである。

これに伴い、大陸中央の大勢《たいせい》が決まったと言っても過言ではないだろう。

三国同盟を結んだあたりから、カイナンがぴたりと戦《いくさ》をしなくなった。

例年であれば、他国から食料を奪うために小戦を仕掛けていたカイナン。しかし、ランカナとの戦を例外としてそれをやめた。

これには、周辺国も驚きを隠せない。

義理堅いエチル、内情が悪化しているオウミは、まず条約を破ることなどないだろう。

もし同盟が崩れるとしたら、カイナンからだと思われていた。

だが、カイナンも本気で同盟を守るつもりらしい。

それに対して驚愕《きょうがく》しているところに、ハヤサの参入である。

穿《うが》った見方をすれば、ハヤサの『虐殺人形』ナリス王は新たな火種となりかねない。

しかしハヤサには、トウザ王太子がいる。

王太子と『黒の魔将軍』マティサが取り持って結ばれたハヤサとオウミの同盟は、今も続いている。

ならば、今回の同盟も続く可能性が高い。

国力、戦力を顧《かえり》みても、四ヶ国に正面から立ち向かえる国はない。だとすれば、懐柔《かいじゅう》が得策。

オウミ、エチル、ハヤサの王太子は、若く独身だ。

婚姻にもっていければ最善だが、調印式後に開かれた祝宴に、ハヤサは未婚の王太子と姫を、カイナンは未婚の姫と庶子《しょし》を出席させた。

明らかに、エチルとオウミの王太子を狙っていると思われる。

同盟を確かなものにするには、縁組がうってつけだ。

その点でも、周辺国は出遅れた。

だが、この動きに慌てたのは周辺国の者ばかりではなかった。

◆

その日、ミリアーナが王宮に行くことになったのは、エチルとカイナンの国王にダィテスの特産品を献上するためであった。

あいにくマティサとコシスは独立騎兵隊関係で呼び出されているため、出払っている。

ダィテスにしかない貴重品――ウイスキー&ブランデーを渡せるのは、ミリアーナしかいなかった。

両王はことのほかダィテスの特産品がお気に召《め》したようで、非公式の使者が度々やってきては、それを求めて帰っていく。そろそろ、前回渡した品が切れるはずである。

お土産《みやげ》で機嫌が取れるなら、安いものである。

蒸留酒を量産した暁《あかつき》には、いいお得意さんになってくれそうだ。

今回、トゥールとゲインは王宮の離宮に泊まっている。

ミリアーナは友好の証《あかし》の貢《みつ》ぎものを抱えて、王宮に向かった。

ちなみにナリス王は下戸《げこ》らしく、ハヤサにはこの手が使えない。

とりあえず、何か価値のあるものを見繕《みつくろ》うつもりでいた。


トゥール、ゲイン両王に贈りものをしたあと、ミリアーナは親衛隊の訓練場に足を運んだ。

顔見知りに挨拶《あいさつ》だけでもしようと思い立ったのである。

しかし、その場に目的の顔はなかった。

しばらくあたりを見まわしたのち、手近な騎士に声をかけた。

「つかぬことをおうかがいしますが、ケイシ・エタルさんはいずこに?」

「お嬢ちゃん、エタルの知り合いかい?」

がっしりとした体形の騎士が、軽い調子で尋ねた。どうやらケイシの知り合いのようだ。

「ええ、以前ちょっとだけ」

にっこりとミリアーナが笑うと、騎士は肩をすくめる。

「あいつはやめといたほうがいいぜ。女がいる」

「あら？」

ミリアーナは首を傾《かし》げた。

騎士が気の毒そうな顔をして付け加える。

「休みの日には、必ず女のところへ行ってるんだぜ。それも、泊りがけでだ。見たことはないけどよ、よっぽど惚《ほ》れこんでいるんだな。あいつは今日非番で、女のところへ行っているんだよ」

（入れ違いになったのね）

ケイシは度々ダィテス領館に泊まっている。今から帰っても、充分間に合うだろう。

何に間に合うかは、内緒だ。

「いい男だから、気になるのもわかるけどよ、泣くのはお嬢ちゃんだぜ？」

騎士は、ミリアーナがケイシ目当ての見物人だと思っているようだ。

それで、早く諦めさせようとしているらしい。

制服を着崩していて少々悪そうに見えるが、見た目によらず人がいいのかもしれない。

「あら、そんなふうに見えました？　私、これでも人妻ですわ。ケイシさんは以前、私の夫がしばらく家で預かっていたものですから、挨拶《あいさつ》だけでもと思いまして」

ミリアーナの言葉に、騎士が目を見張った。

「あいつを預かっていたのって――あんた、マティサ卿の妻か？　ダィテス公爵家の」

「ミリアーナと申しますわ。お見知りおきを」

ミリアーナはにっこり笑って挨拶する。

騎士は無遠慮にミリアーナを眺めまわした。

「へえええ、四つ違いって聞いてたが……少女趣味《そっちの》が……」

「四つ違いですわよ？」

四つ違いは、ロリコンのうちに入りません。

ミリアーナは騎士の誤解を否定した。

ケイシには会えそうもないので、別の顔見知りたちの行方《ゆくえ》を聞いた。

「独立騎兵隊は？」

「ああ、今日は別訓練。あっちは騎乗戦闘訓練をやっているはずだ」

「そうですか」

ミリアーナは挨拶に行くのを諦めた。馬場に行くには、ここからだと遠すぎる。

ミリアーナは騎士に礼を言い、訓練場を離れた。


「もしや、ダィテス公爵家のミリアーナ姫ではありませんか？」

帰ろうとした矢先、王宮の人気のない回廊で、ミリアーナは声をかけられた。

「ええ、ダィテス公爵家のミリアーナですわ。あなたは？」

金褐色《きんかっしょく》の髪の少女は、淑女《しゅくじょ》の礼を取る。

「ロゼッタ男爵家のリシェナと申しますわ。お見知りおきを」

「ロゼッタ男爵家の……」

ミリアーナの記憶に間違いがなければ、ロゼッタ男爵家はダィテスと取引のある家である。

特に、綿の取引においてのお得意様だ。

「こちらこそ。ロゼッタ領とはよい取引をさせてもらっておりますわ」

挨拶《あいさつ》が済むと、リシェナはあたりをきょろきょろとうかがった。

「あの、ミリアーナ姫。少しお話があるのですが、お時間をいただけますか？」

「あら、どのような？」

一度うつむいたリシェナだったが、思い切ったように顔を上げる。

「あの、ダィテスでは絹も作られていると、お父様からうかがったのです。祝宴でお召《め》しになっていた姫の衣装も、ダィテスの絹なのでしょう？　とても素敵で……あの、宴《うたげ》が近づきますと、いつも絹が手に入りにくくて……品《しな》がよければと……詳しいお話を聞かせてもらえないでしょうか？」

リシェナはびくびくと神経質なまでに周囲を気にしていた。

貴族の令嬢は、欲しい品物があれば商人を呼び出すものである。

お膳立《ぜんだ》てはまわりの者が済ませ、本人は好きなものを選ぶだけ。

自分で交渉する機会などあまりない。慣れないことに怯《おび》えているのだろうか。

これは好機だった。

知名度がないダィテスの絹は、品質がよくてもなかなか販路を掴めない。

しかし、貴族の令嬢が使いはじめれば、交際のある令嬢たちに広がっていくに違いない。

どちらにとっても、損のない話だ。

「ええ、我がダィテスの絹の品質は、自信をもってすすめられるものですわ。私でよろしければ、お話ししますけど？」

「あの、場所を変えさせていただきたいのですが、よろしいでしょうか？　ここでは少し……」

考えてみれば、回廊の真ん中だ。ゆっくり話をするには向かない。

「ええ、そうですわね。私、馬車で来ておりますので、どこに向かえば？」

「あ、いえ、そちらの馬車には、うちから連絡を回しますわ。こちらの馬車に乗って、我が家に来ていただけます？　その、できれば……すぐにお話を……」

リシェナに哀願《あいがん》されて、ミリアーナは折れた。

「連絡を回してくれるのなら、かまいませんわ」

ここは王宮だ。人の出入りには必ずチェックが入り、身元も確認される。

怪《あや》しい者は入れない。リシェナの身元もはっきりしている。

おかしなことはされないだろう。

ミリアーナは、自分にオウミの影の護衛がついていることをマティサから聞いていた。

素人《しろうと》の目ではわからないが、今もどこかで見張っているはず。

ミリアーナは、リシェナについていった。

その後だいぶ時間が経ち、従者はミリアーナ・ダィテスの姿が王宮にないことに気がついた。
王太子親衛隊の一人――グインが、最後にミリアーナを見かけた人間であった。

◆

「嫁がいないだと？」

騎乗戦闘訓練が一通り終わったあと、不愉快な報告を聞いたマティサは秀麗な眉をひそめた。

ミリアーナを乗せてきた馬車の従者が言葉を続ける。

「はい。予定の時間を一時間過ぎても戻ってこられませんでしたので、王宮に勤めている方に探してもらいました。しかし、どこにもおられません。カイナンの離宮、エチルの離宮に行かれ、親衛隊の訓練場に顔を出されたあとは、誰もお方様を見ておりません」

「嫁には護衛がついていたはずだ。話を聞かなくてはならんようだな」

ダィテスの密偵が王宮に足を踏み入れない条件として、ミリアーナが王宮にいる間は、専属の影の護衛をつけることになっている。

オウミの密偵組織を束ねるノクトに調べさせれば、ミリアーナがどこに行ったかわかるはず。

しかし、マティサは嫌な予感がした。声をひそめて従者に尋ねる。

「通信機は馬車に載せているか？」

従者は首を横に振った。

「いえ、あれはあまり外に出せないものですので、今回は積んでいません」

この場合は、それが正しい。馬車の中とはいえ、いつどこで誰に見咎《みとが》められるか、わかったものではない。

秘密にすべきものは、持ち出さないのが基本だ。

だが、マティサはあえて命じた。

「領館に戻って、通信機を積んでこい。あれは確か、王都の中なら通じたな？」

「は、はい。領館で管理しておりますので、王都間では通じます」

「我が君？」

コシスが訝《いぶか》しんだ。

ダィテスのオーバーテクノロジーは、流出させてはならないものが多い。

通信機は、その中でも秘匿《ひとく》しなければならないものの一つ。

マティサが苦い顔をした。

「杞憂《きゆう》ならいいが……そうでなければ大事になる。備えはしておくべきだろう」

万が一ということもある。ダィテスの機密を危険に曝《さら》すことになるが、ミリアーナにはかえられない。

ミリアーナはダィテス最高の頭脳であり、オーバーテクノロジーを開発する推進力でもある。

ミリアーナが乗ってきた馬車を領館に帰し、マティサはノクトに問いただすため王宮に向かった。

「連絡が行きませんでしたか？」

ノクトに呼び出されたミリアーナつきの影の護衛は、そう言った。

「なんだと？」

「親衛隊の訓練場からの帰り道に、ロゼッタ男爵家の令嬢に呼び止められておいででした。公爵領と男爵領とは綿の取引があるのですよね。祝宴でダィテスは絹も生産されていると聞きおよび、絹も輸入できないか話がしたいと男爵令嬢はおっしゃっていました。そして場所を変えたいと頼まれて――奥様はためらっておいででしたが、連絡を回すと令嬢が約束なさったので了承されました。馬車に乗りこみ、城を出るところまで確認しております」

オウミの影とて、遊んでいるわけではない。

対象に陰から張りつき、動向を確認していた。

接触した人間、会話の内容、身元の確認は済ませている。

ただ、男爵令嬢の家の者が連絡を回したかどうかまでは、さすがに確認していないという。

「そうか……」

マティサは考えた。

確かに、ダィテス領はロゼッタ領と綿の取引がある。

ダィテスは綿花の栽培とは別に、養蚕《ようさん》も行っている。

綿に比べて絹は贅沢品《ぜいたくひん》。需要が限られるため、販路を確保するのが大変だと聞いた。

それで、ミリアーナは出向く気になったのだろう。

不自然ではないのだが、どうにも引っかかるものがあった。

「連絡が滞っただけか？」

ならば、王都の男爵の屋敷に人を向かわせればいい。

「コシス、嫁の馬車が王宮に着いたら、そのままロゼッタ男爵の屋敷に向かってくれ。俺は領館に先に帰る。屋敷に嫁がいたら連絡してくれ」

マティサの命《めい》に、コシスは怪訝《けげん》な表情を浮かべた。

「我が君？」

マティサは、自分でも説明できない疑念に歯噛《はが》みした。

「嫌な予感がする……気のせいなら、それに越したことはないんだが……」

◆

「私、騙《だま》されるのはあまり好きじゃないんですけど？　ロゼッタ男爵令嬢リシェナ姫？」

ミリアーナは微笑《ほほえ》みながら、ロゼッタ男爵令嬢に話しかけた。

部屋には、ミリアーナの他に二人の令嬢がいる。

金褐色《きんかっしょく》の髪の大人しそうな少女――ロゼッタ男爵令嬢は、泣きそうな顔で、茶色の髪の令嬢の後ろから声を上げた。

「あ……あなたが悪いのよ、マティサ様に……あんなふうに……」

茶色の髪の令嬢も、顔をしかめて言う。

「そうよ、あなたが悪いのよ。わたくし、知っているの。あなたがいるせいで、マティサ様が窮地《きゅうち》に立たされているって」

ミリアーナは言い返した。

「名乗りもしない人と話す気はないわ。黙りなさい」

茶色の髪の令嬢が、ぎっとミリアーナを睨《にら》みつける。

「わたくしは、メイローサ伯爵令嬢グロリアよ」

「そう。私はダィテス公爵令嬢ミリアーナ。これだけのことをしておいて、覚悟はできているんでしょうね？」

ミリアーナはすごんで見せる。

王宮でリシェナに呼び止められたミリアーナ。

リシェナの生家であるロゼッタ男爵領とは、綿の取引がある。そこから絹の話が出ても不思議ではない。

絹は、女性の身の回りのもの、特にドレスの生地《きじ》として需要がある。

そのため騙《だま》されたのだ。

馬車がロゼッタ男爵家の屋敷に向かっていないことには、途中で気がついた。

しかし、ダィテスの絹に興味を持つ友達のところに行くと言われ、それを信じた。

たどり着いたのは、メイローサ伯爵の王都の屋敷。

そしてミリアーナは一服盛られ、現在、この部屋に閉じこめられている。

薬のせいかまだ頭が痛い。

グロリアは、ミリアーナの言葉に怪訝《けげん》な表情を浮かべた。

「覚悟ですって？」

ミリアーナは、窮地に陥《おちい》っている人間とは思えないほど強気に出る。

「当然でしょう？　自分たちが何をやったのかわからないの？　自家より高位の貴族を騙し、一服盛って閉じこめているのよ？　ただじゃ済まないわね」

ミリアーナはリシェナに視線を戻して、首を振った。

「残念だわ、ロゼッタ領はいい取引先だったのに。まさか地位をふいにしてまで、こんな大それたことをしでかすなんて。お父様は、さぞかし嘆《なげ》かれるでしょうね」

リシェナが怯《おび》えたように呟《つぶや》いた。

「ふいにって……」

「当たり前でしょう？　あなたが真っ先に疑われるわ。誘い出したのはあなた。馬車もあなたの家のものよ」

高位の貴族を害するとは、そういうこと。

下級貴族が最高位の公爵家の人間に手を出せば、爵位《しゃくい》剥奪《はくだつ》は免れない。

王宮に入る者は、はっきりと身元を確認される。王宮を出たあとにも、追跡調査はできるはずだ。

リシェナは半泣きになりながらも反論した。

「まわりに人はいなかったわ！　わかるはずがないもの！」

「あなた、馬鹿なの？　あそこは無人じゃなかったわ。門番にもしっかり私の顔を見られているし——私も油断してしまったのよね。身元のはっきりしている人が、まさかこんな真似をするなんて」

口にはしなかったが、ミリアーナには影の専属護衛がついていた。

この令嬢のことも確認しているはずだ。そこからたどれば、すぐに迎えが来るだろう。

ミリアーナはさらに畳《たた》みかけた。

「私をどうするおつもり？」

「どうって……」

リシェナはびくびくしていた。

「閉じこめて、それでどうなさるおつもりかしら？　私を人質にして、ダィテスになんらかの要求をするの？　それとも、私を亡き者にするの？　まさかこのあとのことを何も考えていない、なんてことはないわよね？」

令嬢たちが息を呑んだ。

二人の様子を見て、ミリアーナは自分の考えに確信を持つ。

（なんにも考えてなかったのね）

たまたま王宮で見かけ、嫌がらせ程度のつもりで騙《だま》し、こうして閉じこめた。

それが誘拐という大きな犯罪になるとは考えもせずに。

たぶんどちらか、あるいは二人とも、マティサに好意を抱いていたのだろう。

マティサが意に添わない相手と結婚させられたと考え、その相手に罰を与える腹積もりに違いない。

筋違《すじちが》いも甚《はなは》だしくて、ミリアーナは怒る気にもなれなかった。

先ほどのミリアーナの言葉に対し、グロリアが叫ぶ。

「殺すつもりなんかないわ！　そんな野蛮《やばん》で恐ろしい」

その程度の理性は、まだあるようだ。

「それで、私をどうするつもりなの？　時間が経てば経つほど、あなたたちの立場は悪くなるのよ。今ならまだ――」

「確かに、こんな大それた真似を娘がするとは思いませんでしたな」

ミリアーナの言葉を男の声がさえぎった。

「お父様！」

グロリアがそう呼んだところを見ると、この男がメイローサ伯爵なのだろう。

私兵らしき数人の男たちを連れている。

「グロリア、本当にどうするつもりだったのだね、こんなことをして。思いつきで行動するものではないよ」

メイローサ伯爵は、そう言って娘を咎《とが》める。

しかし、その一方で私兵らしき男たちは明らかにミリアーナを包囲していた。

ミリアーナは、メイローサ伯爵に尋ねる。

「でも、この機会を逃す気はないということかしら？　伯爵？」

「その通りですよ、ダィテス公爵令嬢。あなたと話をするには絶好の機会——いえ、最初で最後の機会でしょうから。お前たち、ご令嬢をお連れしろ」

メイローサ伯爵は男たちに指示を出してミリアーナを拘束し、男爵令嬢のリシェナを家に帰した。

まったく、これだから小物は読みづらい、とミリアーナは溜息《ためいき》をついた。

思いつきで人を誘拐する娘に、それを利用しようとする父。

こんな展開は予想できなかった。

「——これは悪手《あくしゅ》よ、伯爵。おすすめできないわね。最善の手は、今すぐ私をダィテス公爵家に送り届け、慈悲《じひ》を請うことだわ」

◆

ロゼッタ男爵家に行かせたコシスから、通信機でマティサに連絡が入った。

しかし、それはミリアーナの無事を知らせるものではなく、そもそも彼女が男爵家の屋敷に行っていないという報告だった。

「どういうことだ？」

マティサは、通信機の前で聞き返す。

『お方様のことを聞きましたら、ここには来ていないとのことです。我が君、お方様の行方《ゆくえ》がわかりません』

コシスからの返答に、マティサは勢いこんだ。

「なんだと？　男爵令嬢はなんと言っているんだ？」

『それが、お方様には会っていないと言い張っております』

それはありえない。影の護衛の証言がある。

コシスの口調も、明らかに令嬢を疑っているようだ。

マティサは即座に決めた。

「そっちに行く。令嬢に話を聞かねばならんようだ」

『わかりました。男爵には、わたくしから話を通しておきます』

マティサは通信を切り、歯噛《はが》みした。

「くそっ！　嫌な予感ほど当たりやがる！」

マティサはすぐにクラリサを呼び、自動車の運転を頼む。

その後、車は王都の街並みをすさまじい勢いで疾走《しっそう》し、ロゼッタ男爵家の屋敷に乗りこんだ。

「門を開けてください。怪《あや》しい者ではありません。これはダィテス家の魔法道具の一つで、マティサ・ダィテス様の乗りものです。また、男爵にはお会いになる約束もしております」

マティサが従者として連れてきたナシェルは、ロゼッタ男爵家の門番に話しかけた。

さすがに元王太子の顔は知っていたらしく、車に乗ったマティサを見て門番は慌てる。

すぐに門が開かれ、クラリサの運転する自動車はロゼッタ男爵家の屋敷に入っていった。

「これはこれは、マティサ卿。よくぞおいでくださいました」

ロゼッタ男爵は愛想よく玄関まで出迎えたが、マティサが不機嫌であることは一目瞭然《いちもくりょうぜん》である。

マティサは、挨拶《あいさつ》もなく切り出した。

「時間が惜しい。ロゼッタ男爵、ご令嬢は？」

「そこの部屋におりますが、本当に家の娘が？」

できれば何かの間違いであってくれ、と男爵は心の中で呟《つぶや》いた。

『戦神の寵児』と謳《うた》われた元王太子。

彼の妻で公爵令嬢でもあるミリアーナの行方《ゆくえ》不明に男爵令嬢がかかわっていた場合、男爵家はただでは済まない。

加えてミリアーナに万が一のことがあったら、身の破滅だ。

「見た者がいる。状況によっては、ご令嬢を拘束させてもらう」

ひやりとする空気が流れる。誰の目にも、マティサが本気だとわかった。

マティサは走る一歩手前の速度で廊下を進み、令嬢がいる部屋の扉を開けて中に入る。

彼のあとには、男爵と使用人たちが続いた。

マティサが室内に目を走らせると、金褐色《きんかっしょく》の髪の娘がうつむいて長椅子に腰かけている。

娘のまわりには護衛らしき屈強《くっきょう》な男たちが控え、令嬢の前にはコシスが立っていた。

「我が君」

「状況は？」

マティサが尋ねると、コシスが首を横に振った。

「知らないの一点張りです」

うつろな瞳をした男爵令嬢リシェナは、のろのろと顔を上げた。

「マティサさ……ま……」

「嫁をどこにやった？」

刺すような視線と、氷点下ほどの冷たい声。

凍《い》てつくマティサの態度に、リシェナは涙をこぼした。

「知りません」

泣きながら頭を振る彼女の姿を見ても、マティサの瞳はさらに冷たくなるばかりだ。

「嘘をつくな。見た者がいる」

すると、リシェナが顔を上げて叫んだ。

「嘘ですわ。そんな人、いるわけがありません」

令嬢とて、少しは考えていた。声をかける前に、まわりに誰もいないことを確認したのだ。

しかし――

「見ていたのは、オウミの影の一人だ」

マティサの言葉に、リシェナは息を呑んだ。

「オウミの影――密偵組織とダィテスは取引をしていてな。嫁が王宮にいる間は、専属の護衛がつく。その者が確認したそうだ。絹の取引を餌《えさ》に嫁を誘《おび》き出して、どこに連れていった？　場合によっては、ただではおかん」

リシェナは凍りついた。

自分の行動がすべて知られていたこと、ミリアーナが厳重に守られていたことに驚愕《きょうがく》する。

「そんな……どうして……あんな人に、そんな」

ミリアーナを攫《さら》おうと発案したのはグロリアである。

だが、彼女に強請《きょうせい》されたとはいえ、リシェナもミリアーナには思うところがあった。

リシェナは、マティサに憧れる令嬢の一人だったのだ。

マティサは、手が届かない人だった。婚約者もいたし、王太子でもあった。

リシェナごときが望んでいい存在ではない。

なのに、突然現れたミリアーナは当然のような顔をしてマティサの隣にいる。

ミリアーナが妬《ねた》ましかった。

それなのに、彼女がマティサを苦しめていると聞かされ、罰を与えなければ気が済まなくなった。

しかし、マティサがそんなリシェナの気持ちに気づくはずもない。

「馬鹿か、お前は。嫁は最高位の貴族で俺の妻だ。その身には、護られるべき価値がある」

「だって、あの人のせいでマティサ様が復権できないって……あの人がマティサ様を辺境に縛りつけているのだって、聞いたわ！　あの人に、そんな価値なんてないわ！」

その瞬間、空気が凍りついた。

マティサの放つ怒気《どき》がすさまじく膨らんだのだ。

「もう一度聞く、嫁をどこにやった！」

「我が君、お鎮《しず》まりを！」

コシスが諫めたが、時すでに遅く、リシェナは鬼気にあてられて失神した。

リシェナだけではなく、男爵家の使用人たちもばたばたと倒れていく。

護衛らしき男たちと男爵はかろうじて意識はあるようだが、腰を抜かしたように座りこんだ。

ちっとマティサが舌打ちする。

「令嬢を拘束してダィテス領館に運び、嫁の居場所を吐かせろ。〝薬〟の使用を許可する」

マティサの言う薬とは、ダィテス特製の「素直になるお薬」だ。これを使えば、なんでも情報を引き出せる。

「我が君」

性急なマティサの命《めい》に、コシスは慌てた。

「非常事態だ。王宮に使いを出せ。ミリアーナ・ダィテスが攫われたとな。それから――影の条約を破棄するとノクトに申しつけろ」

被害が出た以上、実力行使させてもらうとの宣言だ。

もはや何を言っても無駄だとコシスは思った。

「御意《ぎょい》」

コシスは背筋が凍るのを感じた。

付き合いの長いコシスだからわかる。

これはキレる寸前だ。ふとした刺激でキレてしまうだろう。

以前ジュリアス王太子が攫《さら》われた時、王都でマティサがキレなかったのは、〝加護持ち〟密偵の二人が王太子の居所を掴んでいて、救出の目処《めど》が立っていたからだ。

しかし、今回はそれがない。

王級〝加護持ち〟が王都でキレるという最悪の事態を想定し、コシスは総身が震えた。

「も、申し訳ございません！」

男爵が這《は》いつくばるように謝罪した。

「この度は娘がとんだことを。監督不行き届きでございました。詫《わ》びて済むことではありませんが、大変申し訳なく……しかしながら、我が男爵家は関与しておりません。こればかりは信じていただきたく……」

「それで？」

マティサが向けた視線は、冷たいものだった。

「我が男爵家の者にも奥方を探させます」

「協力を感謝する」

マティサはそれだけ言い捨てて、指示を出すべく外に向かう。

感謝するとは口にしたが、その声は限りなく冷たかった。

許されたのではなく、猶予《ゆうよ》を与えられただけだと男爵は悟った。

失地《しっち》を回復するため、男爵は手駒《てごま》を総動員して捜索にあたらなければと腰を上げた。


コシスとナシェルを従えてマティサが屋敷の外に出ると、ダィテスの密偵カズル、セイ、ナシタが膝をついていた。

「この度の失態、申し訳ございません。お方様を見失うとは、不覚でございました」

顔色なく詫《わ》びるのは、王宮の外で張っていたナシタだ。予定ならば、ミリアーナが王宮を出たあとは領館まで護衛するはずだった。

「仕方ない――馬車の中まで確認できるほど、近くに寄れなかったのだろう」

「申し訳ございません。小生《しょうせい》が行っていれば――」

カズルが拳《こぶし》を握る。

確かに彼の特殊能力なら、ミリアーナを見失うことはなかっただろう。

しかし、カズルはマティサの復権を目指す一派を探っていた。

カズルが調べたところによると、マティサ復権を望んでいるのは、王太子廃嫡《はいちゃく》の騒ぎの際、どちらの派閥にも属していなかった貴族が中心だった。

マティサ側には寄れず、王妃派からも一顧だにされなかった者たち。

つまりは、派閥につきそこねた貴族たちだ。

まだ概要しか掴んでいないが、規模は小さく、影響力も大したことがない。

とはいえ、所属していると思われる貴族の動向には注意していた。

カズルに向かって、マティサは言う。

「お前は別の仕事を任《まか》されていたのだから、仕方ない。過去のことより、これからのことだ」

マティサは命じた。

「嫁を探せ。これはすべてに優先する。あらゆる手を使え。何を使ってもかまわん。ミリアーナを奪い返せ」

「御意《ぎょい》」

三人は了承した。

カズルの全身から黒い蝶が飛び立ち、四方に散っていく。

マティサは、通信機を積んだ自動車に向かった。

「お嬢様は？」

車の前では、運転手を務めるクラリサが今にも泣き出しそうな顔で待っていた。

マティサは真実のみを口にする。

「行方《ゆくえ》が知れん。どこかに囚《とら》われているようだ。誘い出した令嬢は捕らえたが、共謀者がいると見ていい」

「ああっ！」

倒れかけたクラリサを、すぐさまコシスが支える。

「クラリサ殿！」

うわごとのようにクラリサは呟《つぶや》く。

「わ、わたくしのせいです！　わたくしがお嬢様についていれば、こんなことには！」

「二国の王に敬意を表するため、付き人を連れていかなかったのは嫁だ。それは仕方ない。安心しろ、どんな手を使っても嫁は取り返す！」

マティサは車に積まれた通信機を引っつかんだ。

「ダィテスに連絡を回せ。装備込みで防衛軍を呼び寄せろ。自動車を使えば一日もかからず王都に着くはず――」

「我が君！　そればかりは思いとどまりを！」

「それは最終手段です！　思いとどまってくださいぃぃぃぃい！」

迷わず禁断の最終手段を行使しようとしたマティサを、コシスとナシェルが制した。

ここで止めなければ大変なことになる。

ダィテス軍の装備はトップシークレットだ。

冷静なマティサならそんな判断をしないだろうが、今のマティサはまともでない。

「手が足りん！　手段を選んでいられるか！」

「選んでください！　我がカティラ家も、総力をあげてお方様をお探しいたします！　トリスも否《いな》とは言いませんでしょう」

コシスは実家の力を頼ると宣言し、ナシェルも次善案を提供する。

「心当たりがあります！　お方様を捕らえる理由のある者に。そちらからも手繰《たぐ》りましょう」

マティサがすぐに食いついた。

「どこだ？」

「現在のお方様の価値といえば、『マティサ様の妻である』という一点です。それは、マティサ様を辺境に縛りつける者――ここに不満があるのは、マティサ様の妻の座を得ようとする者か、王太子としての復権を望む者。そうした動きがあると助言してくれた人物がいまして、彼なら大本《おおもと》の人物がわかるはずです！」

「なるほどな。わかった。そうしよう」

ナシェルの言葉に、マティサはあっさりと最終手段を撤回した。

ナシェルはほっとした。

理性が勝っている今なら、なんとかなりそうだ。

王級〝加護持ち〟をキレさせてはならない。地獄を見ることになる。

「わたくしはカティラ家に向かいます。通信機を積んだ馬車で行きますので、何かありましたら連絡してください」

コシスは一礼してその場を辞し、男爵家に来る時に使った馬車に乗ってカティラ家の屋敷に急いだ。

一方のマティサたちは、ナシェルの心当たり――シンラット侯爵の屋敷へ向かうこととなった。

その前に、ナシェルは王都のダィテス領館に通信機で連絡を取り、王宮への使者を立てて事の経緯を説明するよう指示を出した。さらに、こう付け加える。

「そちらに王太子親衛隊のケイシ・エタル殿がいるはずです。呼び出してください。交渉は直《じか》にしたいので、通信機を積んだ馬車でシンラット侯爵のところへ。そこで落ち合います。なお、通信機と馬車は可能な限り数を用意してください。大量に使用することになるでしょう」


その日、カティラ家にすさまじいスピードの馬車が走りこんできた。

馬車の紋章は、麦をくわえた鳩。それはカティラ家の長男が仕えるダィテス家のものである。

何度もその紋章を見ている家人は、すぐに馬車を招き入れた。

馬車に乗っていたのは、カティラ家の長男コシスだった。

コシスの異母弟《いぼてい》トリスは、自室にいたところを呼び出されて玄関に向かう。

「これは兄上、突然のお越しとは、何かありましたか？」

いつもは静かな兄が、険《けわ》しい表情をしている。

不思議そうな顔のトリスに、兄は命じた。

「トリス、カティラ家の兵《て》を貸せ！　お方様が攫《さら》われた。我が君がキレそうだ！」

あまりのことに、トリスは悲鳴を上げた。

「はいぃ！　兄上、ただいま！　おい、人をかき集めろ！　このままでは王都が滅びる！」

同じ頃、王都のダィテス領館の客室には、ケイシ・エタルがいた。

非番の彼は、恋人と楽しい時間を過ごすために外泊届けを出し、この屋敷を訪れたのだ。

あいにく恋人は仕事中だが、待つことは苦にならない。

そんな時に、屋敷の者から呼び出された。

「シンラット侯爵家？　そんなとこに？」

ケイシは、事情もわからないままシンラット侯爵の屋敷へ行くことになった。

ダィテス公爵家が馬車を出してくれたので、おとなしく従う。

このあと、しばらく思い出したくもない経験をすることになるのだが、その時のケイシは知る由《よし》もなかった。

ミリアーナが新たに押しこめられた部屋は、地下のようだった。

調度類も実用に耐えるというだけで、華美なものではない。

テーブルの上には香り高い紅茶が用意されていた。

「このようなところで申し訳ありませんが、どうぞ」

メイローサ伯爵に紅茶をすすめられたが、ミリアーナは視線を動かしただけで、口をつけようとはしない。

「やめておくわ。あなたの娘さんとそのお友達に、一服盛られたばかりなのよ、私」

向かい合わせに座った伯爵に、ミリアーナは嫌味を言った。

「それは配慮が足りませんでしたな、お許しを。申し訳ないことをいたしました。まさか娘が思いつきで人を攫《さら》うとは、思いもしませんでしたので」

ミリアーナは鼻を鳴らした。

「娘に便乗して、私を監禁している人の言うことじゃないわね」

ミリアーナが怯《おび》えていると思いこんでいたメイローサは、彼女の態度に気圧された。

しかし、ここまでしておいて放り出すわけにはいかないと話を続ける。

「私は、あなたと話がしたかったのですよ」

伯爵の言葉に、ミリアーナは嘲笑《ちょうしょう》する。

「では、使者を立てて屋敷においでくだされればよかったのに。そうしなかったということは、ろくな話ではありませんね。考慮する価値もないわ」

ミリアーナは正論を述べたが、メイローサは食い下がる。

「そうはいきませんな。どうあっても聞いていただく。あなたには、身を引いていただきたいのですよ」

「――何からかしら。まあ、想像はつくけど」

くすくすとミリアーナが笑う。

メイローサはずばりと言った。

「マティサ卿と離縁していただきたい」

「馬鹿なことを言うわね。できるわけないでしょう？」

ミリアーナは即座に却下する。

「あなたがどれだけ彼《か》の方の足枷《あしかせ》になっておられるか、わかりませんか？　王太子として復権するのに、あなたは邪魔なのですよ。あなたの夫である限り、マティサ卿は次期公爵。あの方が臣下になるなど、あってはならぬことです！　本来なら、あの方こそが次の王にふさわしい」

メイローサは言い募《つの》ったが、ミリアーナは鼻で笑うしかなかった。

「お話にならないわね。私たちが離婚なんて、できるわけがないのよ。あなた、馬鹿？　私たちの結婚は王命なの。当人がそれを望んだとして、不可能よ。ここであなたが離婚を強要すれば、反逆罪に当たるわね。わかっているのかしら？」

反逆罪という言葉に、メイローサは怯《ひる》んだ。

マティサとミリアーナの婚姻が王命なのは、もちろんメイローサも心得ている。

だからこそ、ミリアーナには自ら身を引いてもらいたかったのだが――

「足枷？　当然でしょう？　陛下はそれを見越して私と婚姻させたのよ。廃嫡《はいちゃく》された王太子という存在のままなら、あなたのように復権を望む人があとを絶たない。早めに別の身分にする必要があった。それがわかっていたから、婿様もおとなしく私を娶《めと》ったの。そんなこともわからないの、あなた？」

畳《たた》みかけるミリアーナに、メイローサは言葉を失った。

ミリアーナはさらに付け加える。

「あなたが言いたいことも、わからないではないわ。周辺国の王は〝加護持ち〟ばかり。ハヤサの次の王も、確実に王級〝加護持ち〟。エチルは知らないけど、カイナンの王太子様は軽い〝加護持ち〟だったかしら？　さらに今は『清廉《せいれん》なる盾《たて》』の呼び名を持つ異母弟《いぼてい》がいますものね。対抗するために『戦神の寵児』たるマティサ様を、と考えたくもなるわ。でも、それはできない。王室の権威にかかわるわ。抗議によって王の考えが変わるなんて思われたら、何度も同じことをされるでしょう。取り返しのつかない状態になる。だから一度、婿様からすべてを取り上げる必要があったのよ」

ミリアーナの整然とした理論に、メイローサは言葉を失った。

「王太子廃嫡《はいちゃく》による実害はないのよ。陛下は、婿様をいつでも呼び寄せることができるから。カイナンとの戦《いくさ》に引っ張り出したようにね。西の大敗だけは計算外だったでしょうけど。ジュリアス王太子殿下を次の王として、婿様にそれを支えさせる——その体制作りのための時間稼ぎよ」

まったく我が国の陛下はとんだ狸《たぬき》だ、とミリアーナは思った。

すべてを取り上げたように見せかけて、実は手中にしている。

さらに、王妃をはじめとする反マティサ派を宥《なだ》めることもできるのだ。

「しかし、あの殿下では到底この国を支えることなど！」

メイローサは吠《ほ》えた。

西の大敗を見れば、ジュリアス王太子の資質の欠如は明らかだ。

あの殿下に国を任《まか》せるわけにはいかない。これは大義《たいぎ》なのだ、とメイローサは自分に言い聞かせる。

「違うわね」

ミリアーナは、メイローサの言葉を真っ向から否定した。

「あなたは国のために王太子をかえようとしているわけじゃないわ。自分のためよ」

「何を——」

ミリアーナは、たじろぐメイローサを口撃《こうげき》した。

「新王太子の周囲は王妃派の人間で固められている。あなたはそれに乗り遅れたのでしょう？　だから、婿様に目をつけたのよ。一度すべてを取り上げられた婿様の復権に向けて動けば、側近になれると踏んでいるのでしょう？　笑い話ね。そもそも婿様に、王太子として復権するつもりがあるのかしら？」

マティサにその気がなければ、目的を遂げたとして感謝の欠片《かけら》もないだろう。

自分の思いこみで踊り、褒美《ほうび》がもらえると先走っている道化《どうけ》にすぎない。

しかし、ここまで言われてなおメイローサは理解できていなかった。

「当然でしょう。地位を剥奪《はくだつ》されて、屈辱《くつじょく》を覚えぬはずが――」

「そこからがもう間違いね。婿様にその気があるなら、真っ先に動くであろう人たちは、何をしているかしら？」

ミリアーナは現実を突きつけた。

マティサが廃嫡《はいちゃく》される前に、腹心や側近であった人物たち。

カティラ兄弟《きょうだい》を筆頭に、東のボルソワ騎士団のソレイユ団長、東の領主の雄《ゆう》シロクにボーナム――廃嫡騒ぎの際、マティサを擁護した人々だ。

彼らは王妃派の意見に反対したが、政治の場で戦いに敗れ、結局マティサは廃嫡された。

だが、今は状況が違う。

エチルに大敗し、西の領主は力を失った。南の領主は新王太子を見限り、王妃派は失墜《しっつい》。

今なら、マティサが王太子として返り咲くことも可能だろう。

だが、親マティサ派と目される人々は、誰一人として復権に向けて動いていない。

これが親しいからこそマティサの意を汲《く》んだ結果なら、メイローサの行動はむしろマティサの不興《ふきょう》を買うだけだ。

「諦めなさい。そんなこともわからない小物は、どうあがいても権力を握れないわ。踏みつぶされるのがオチよ。身の程をわきまえるべきね。私は言ったはずよ、これは悪手《あくしゅ》だと。一番無難におさめる手段を、あなたは自ら捨てたの。無罪放免とはいかないけれど——まだ被害を少なくすることはできるわ。私を解放しなさい」

小娘に嘲笑《ちょうしょう》され、メイローサはむきになった。

否《いな》、そうしなければ自身を正当化できなかったのだ。

「そうはいきません。ここで帰しては、何もかもおしまいだ。こちらの要求を呑むまでは、解放できませんな」

「もう終わってるわ。うちを甘く見ているのね」

「奥方には、もうしばらくここにいてもらいます」

「そう。残念ね。ああ、紅茶は下げて。当分、見たくもないわ」

メイローサは憤然《ふんぜん》と部屋を出ていき、口のつけられなかった紅茶は下げられた。

伯爵家の使用人が部屋を整えて退室するのを、ミリアーナは横目で見送った。

一人になると、ミリアーナは呟《つぶや》く。

「説得は苦手だわ」

そもそも怒りしか覚えない相手だから、つい喧嘩腰になってしまった。

それでも、ミリアーナは悲観していない。

娘もそうだが、父親もミリアーナに直接危害を加える気はなさそうだ。

辱《はずかし》めを受けたり、殺されたりすることはないだろう。

なら、ミリアーナはただ待てばいい。

幸い王都には、マティサを慕う人々が滞在している。マティサが頼めば、手を貸してくれるに違いない。

それに、ミリアーナはダィテス公爵家に仕える優秀な者たちを信頼していた。

リシェナの痕跡、復権派の動きをたどることは、たやすいはずだ。

彼らが見落とすはずはない。

「婿様、早く迎えにきてね」

虜《とりこ》の姫君は晴れやかに笑った。

◆

ダィテス領館の使者が王宮を訪問し、ミリアーナ・ダィテスの失踪《しっそう》を告げた。

その上、国内の貴族が絡んだ誘拐の線が濃厚だという。

それに伴い、ダィテス側から影の条約の破棄が言い渡された。

「申し訳ございません」

執務室にて、オウミ密偵組織の長であるノクトはユティアス王の前に跪《ひざまず》き、謝罪した。

王はしばし考える。

事は王宮で起きた。

ミリアーナ・ダィテスが誘《おび》き出された時、オウミの影はこれを見ていたのだ。もしその情報をダィテスの密偵に知らせていれば、未然に誘拐を防げただろう。

しかし、それは無理な話だ。

ダィテスの密偵がどこに潜《ひそ》んでいるのか、こちらにはわからない。

そもそもミリアーナの護衛をダィテスの密偵に任《まか》せていれば、こんな事件は起きなかったに違いない。

情報の受け渡しの不備。

オウミの密偵の自尊心が原因とも言える。

「不手際であったな。それにしても——元王族の伴侶《はんりょ》を害する者がいるとは」

どのような経緯があろうと、ミリアーナ・ダィテスはユティアスが選んだ相手。

これに真っ向から異《い》を唱える行為は、不快の一言につきる。

ミリアーナ・ダィテスは息子の妻——義理の娘なのだ。

彼女《それ》を害されて、黙っていることなどできはしない。

マティサの王族としての権利は剥奪《はくだつ》されているので、今回の件は公爵家、すなわち臣下にかかわる事件として扱われる。そのため警吏《けいり》は動かせるが、近衛《このえ》などは動かせない。

しかし、影の不手際が絡むとあれば話は別。影ならば、動かせる。

王の命《めい》を軽んじ、よりにもよって王宮で事件を起こした者を許す気など欠片《かけら》もない。

国内の貴族ならなおのこと、示しをつけなければなるまい。

ユティアスは王として命じた。

「影を動かせるだけ動かしてかまわん。我が子息たるマティサの伴侶《はんりょ》、ミリアーナ・ダィテスの捜索救出にあたれ」

「はっ！」

ノクトは深々と頭を下げた。

こうしてオウミの密偵組織が動いた。


ジュリアスは義姉《あね》が攫《さら》われたことを知ったが、何もできない——してはいけないことにやきもきした。

「どうしよう、レナード。義姉上《あねうえ》に何かあったら」

ジュリアスは義姉の身を心配していた。

しかし王太子たるジュリアスは、公爵令嬢にすぎないミリアーナのため、親衛隊を動かしてはならない。

そんなことをすれば、大きな問題となる。

親衛隊は王太子のための軍。一貴族のために動かすことなど、あってはならないのだ。

警吏とダィテス家の力に期待するしかない。

義姉は兄と違い、普通の人間だ。たやすく傷つき、たやすく死ぬ。

女性ゆえの辱《はずかし》めを受けることも、あるかもしれない。

ジュリアスも、一度は辱めを受ける寸前までいった。

か弱い女性が同じ目に遭《あ》う可能性を考えると、胸が痛んだ。

ジュリアスは目を伏せて呟《つぶや》く。

「義姉上に何かあったら、きっと兄上が悲しむ」

悲しむだけでは済まないだろう、とレナードは思った。

王級〝加護持ち〟が怒りの沸点を超えれば、恐ろしいことになる。

考えただけで、胃が痛くなった。

それを傍観するのは、自分の胃のためにも主《あるじ》のためにもよくないと、レナードは結論づける。

「我が君、今から休暇をいただきます」

突然のレナードの申し出に、ジュリアスは驚いて顔を上げた。

「レナード?」

「休暇中であれば、わたくしはただのナジェ侯爵家の人間。わたくしが何をしようと、我が君にはかかわりなきこと」

休暇中のレナードがナジェ侯爵家の私兵を率いてミリアーナ探索に加わっても、それは王太子に無関係だ。

ナジェ家がダィテス家に協力しただけということになる。

王太子は、なんの責任にも問われない。

思わぬ抜け道に、ジュリアスの表情が明るくなった。

「レナード！　ありがとう。義姉上《あねうえ》を頼んだよ」

「御意《ぎょい》」

レナードは一礼し、足早に王宮を出た。

レナード・ナジェが生家の人間を率いて捜索隊に加わるのは、そのすぐあとのことである。

◆

マティサとナシェルは、シンラット侯爵家を訪れた。

突然の訪問だったが、シンラット侯爵トーリィは快く迎え入れてくれた。

自動車で屋敷に乗りつけた一行が車から降りる。

シンラットは玄関まで出迎えたが、一行を見るなり顔面蒼白になった。

そこに、怒《いか》れる獣《けもの》がいたからである。

「嫁が攫《さら》われた」

マティサの第一声に、トーリィは思わず叫んでしまった。

「我が家は無関係です！」

殺気を振りまくマティサに、トーリィは無実を訴える。

マティサを押しのけて、ナシェルが口を開いた。

「わかっています。しかしながら、お方様を攫った犯人は、あなたが以前臭わせた派閥の人間である可能性が高い。その大本《おおもと》を、あなたはご存知だ。どなたです？」

マティサでは相手を怯《おび》えさせるだけだと、ナシェルがかわりに尋ねる。

トーリィは溜息《ためいき》をつく。

「まさか、そんな大それたことをするとは思いませんでしたよ。釘は刺したつもりだったのですけどね」

トーリィは、心の中でホルン侯爵を罵倒《ばとう》した。

ダィテス領館でナシェルに忠告した際、はっきり相手を伝えていれば、二人は今頃、ホルン侯爵に直接あたっていただろう。もしくは、事前に何か対策ができたかもしれない。

トーリィの余計な仏心《ほとけごころ》が、事態を引き起こした可能性もあった。

マティサは一切の飾りをつけず、事実のみを伝える。

「誘拐の実行犯が、嫁は俺を辺境に縛りつけていると聞いたらしい。そんなことを口にするのは、一派の関係者である可能性が高い」

「ホルン侯爵です」

トーリィはあっさりと白状した。

余計な庇《かば》い立《だ》ては、身の破滅につながる。

派閥を統率できなかったホルンが悪いのだ。

むしろシンラット家が助かるため突き出したい。ホルンも同じ立場なら、そうするだろう。

誰しも自分の家が大事なのだ。

何より王級〝加護持ち〟は怖い。

「ホルン侯爵が絡むにしてはお粗末です。たぶん末端の者が先走ったということでしょう。我がシンラット侯爵家もお手伝いいたします」

潔白の証明に、とは口にしなかったが、シンラット侯爵家は敵対行動を起こさないと証《あかし》を立てなければならなかった。

「感謝する」

抑揚《よくよう》のない――むしろすごみを増したマティサの礼に笑みを引きつらせつつ、トーリィは慌てて伝令を飛ばした。

一族の明暗と王都の運命、さらに自分の命がかかっているのだ。


「うえ！」

シンラット侯爵家に向かう馬車の中で、ケイシは飛び上がった。

全身に震えが走り、汗が噴《ふ》き出す。

近づいてはいけないものに、馬車は向かっている――ケイシの勘は、そう訴えていた。

「何これ？　なんなんだよ……」

強いものに遭遇《そうぐう》するのは歓迎だが、これはむしろ怖いものだった。

それからしばらくして、数台の馬車がシンラット侯爵家の門前に到着した。

馬車には、麦をくわえた鳩の紋章がついている。

先頭の馬車の扉が開き、ケイシ・エタルが飛び出した。

ケイシは、すぐに目当ての人物を見つける。

「ナシェル、何があったんだい、これは」

ナシェルは、上背のあるケイシを見上げて状況を説明した。

「お方様が行方《ゆくえ》知れずです。騙《だま》されて、王宮からどこかに連れ去られたらしく……犯人は、マティサ様の王太子復帰を望む一派である可能性が高いのです」

ケイシが顔をしかめた。

「それってまずいよね？　奥さんさえいなければって短絡的に考える相手だったら、すぐにも……。それでか……」

空気がピリピリしていた。

抜き身の刃《やいば》を喉元に突きつけられているような感じが漂っている。

「ちょっ、これの発生源って魔将軍さん？　まずいよ、王級〝加護持ち〟がこんなとこでキレたら、大惨事《だいさんじ》だよ」

さすがにケイシも、王級〝加護持ち〟が『キレた』時の危険性はわかっている。自身が王級〝加護持ち〟なのだ。『キレた』経験くらいケイシにもある。

「そこです！」

ナシェルがケイシの肩に両手を置いた。

「マティサ様についていてください。できるだけ回避できるよう計《はか》らいますが、万が一ということもあります」

ナシェルの言葉に、ケイシが青ざめる。

「それ、さすがに死ぬよ。俺と魔将軍さんって、平常時で互角なんだからね。キレた時はいつも以上に力が出るから。まあ……」

少し困った顔をしてケイシが言った。

「ナシェルのためだったら、死んでもいいけどさ」

ナシェルが赤面する。

「キレた時は、理性が飛ぶと聞きます。そこをついて、押さえこむことができるのではありませんか？」

「運がよければね……。あっ、今、オウミにまわりの国の王級〞加護持ち〞が集まってるだろ？手を借りられないかな？」

『キレた』〞加護持ち〞は理性が飛ぶ。

力は増しても、動きが直線的になるのだ。運に左右されるが、それを技巧で押さえこめないこともない。

暴走状態の持続時間は、長くて六、七時間ほど。

〝活力切れ〟まで粘れれば、理性を保った王級〝加護持ち〟の勝ちだ。

しかし何事にも限度がある。一対一では分《ぶ》が悪い。

幸い、オウミには王級〝加護持ち〟が集《つど》っている。

力を借りられたら、なんとかなるはずだ。

しかし、ナシェルは首を横に振った。

「これはオウミ国内のことです。他国の人間の手を借りるわけには……」

他国に国内のゴタゴタを晒《さら》し、弱みを見せるわけにはいかない。

ナシェルの政治的な判断だった。

「俺は？」

「あなたは、もうオウミの人間でしょう？」

ナシェルに言われてケイシは頭をかいた。

「今はそうだけどさ……背に腹はかえられないだろう？」

ナシェルは難しい顔をした。

『強欲王《ごうよくおう》』ゲイン、『無敗王』トゥール、『虐殺人形』ナリス、『ハヤサの鬼』トウザ、『清廉なる盾』キリム。

いずれも名高い王級〝加護持ち〟だ。

特に最強と言われる『無敗王』と『虐殺人形』の手を借りることができれば、『キレた』マティサを押さえこむことはできるだろうが――あとが怖い。いろいろな意味で。

もし他国の王に怪我でもさせたら、取り返しがつかない。それに助勢には対価が必要だ。

一貴族の都合で、他国に貸しを作るわけにはいかなかった。

仮に頼めたとして、個人的に付き合いのある『ハヤサの鬼』トウザと『清廉なる盾』キリムの二人ぐらいだろう。

「それは最後の手段です。どうしようもなくなった時にしか……」

「戦力の逐次《ちくじ》投入だろう？　下策《げさく》だよ。やるんなら、大戦力で一気にやらないと」

さすがにケイシも武人である。戦いを有利に運ぶ策ぐらいは練る。

ナシェルは次善策を出した。

「王級ではありませんが、それに準ずる戦力があります。コシス様に戻ってきてもらいます」

「刀《かたな》さんかぁ。あの人もできるけど、もう少し戦力欲しいよなぁ、〝加護持ち〟の。親衛隊《うち》の隊長さんとか、ラディンとか」

ケイシは、知り合った王級に準ずる〝加護持ち〟の名を挙げた。

しかし、これもナシェルは否定する。

「駄目です。王太子親衛隊を一貴族のために動かすわけにはいきません。あなたは休日だからかまいませんが、任務中の人は動かせません」

「……面倒なんだね……」

政治はややこしい、とケイシは頭をかいた。

「お願いしますよ」

そう言ってナシェルは手招きをした。

ケイシが屈《かが》みこむと、ナシェルはその耳元で何かを囁《ささや》く。

「え？　あ、うん。いいけどさ」

ケイシはナシェルの出した条件に頷《うなず》き、密かに二人の間で取引が行われた。

次の瞬間、ケイシに悪寒《おかん》が走る。

振り向くと、マティサが屋敷から出てくるところだった。

マティサは屋敷の中で、シンラット侯爵トーリィが手勢を集めるのを待っていたのだ。

ケイシに気がついたマティサは、声をかける。

「なんだ、珍しいところで会うな。シンラット侯爵と面識があったのか？」

「え？　ううん、ないけど」

ケイシは首を横に振った。

トーリィはランカナ戦に参加していたようだが、二人は顔を合わせたことがない。

ケイシには、目の前のマティサが殺気の塊《かたまり》のように見えた。

平静を装っているが、その下には今にも噴き出しそうな怒りがある。

なんとかしなければ、やばい——ケイシはそう思った。

「聞いたよ、奥さんが大変なんだって？　俺もあの人には恩があるから、手伝うよ。幸い今日は休みなんだ」

ケイシがさりげなく申し出ると、マティサは少し考えたようだった。

「王級〝加護持ち〟ほどの戦力が必要になるとは思えんがな……一貴族程度の戦力なら、俺一人で制圧できる」

だんだん欠落していく声の抑揚と表情に、ケイシの笑顔が引きつった。

危険だ。竜の逆鱗《げきりん》に触れたのは、どこのどいつだ、とケイシは心の中で罵《ののし》る。

「そりゃあ魔将軍さんなら、そうだろうけど。まあ、もしもの時の備えだとでも思ってよ」

実際には、マティサが『キレた』時の備えである。

「……宝の持ち腐れだとは思うが……まあ、かまわん」

許しをもらって、ケイシとナシェルはほっとした。

「屋敷から通信機を回してもらいました。シンラット侯爵家の者にも、操作できる者と一緒にお貸ししましょう。このような命令系統がはっきりしない混成部隊では、連絡の徹底が必要とされます。今後、探索に加わる者には惜しまず貸し出すべきだと思います。ダィテスの秘密を一部晒《さら》してしまいますが、許可をいただけますか？」

ナシェルの申し出に、マティサは頷《うなず》いた。

「嫁の探索に必要なら、なんでも使っていい。手段を選ぶな」

マティサは即答した。

ナシェルはさらに提案する。

「また、探索に加わる者は増えていくと思います。僕は情報の整理と管理をするため領館に戻りますが、かわりにコシス様を呼び戻しましょう。ホルン侯爵の屋敷で合流――」

「マティサ殿！　マティサ殿はおられますか！」

ナシェルの声を、ひときわ大きい声がさえぎった。

大きな鷲《わし》が羽を広げた紋章の馬車が、シンラット侯爵家に乗りつける。

「マティサ殿は？　屋敷でこちらにおられると聞き、飛んできましたが」

馬車から降りてきたのは親衛隊の隊長——ナジェ侯爵家の次男レナードだった。

なぜか珍しくも私服である。

「どうした？」

これにはマティサが対応した。

レナードはまっすぐマティサを見て、口を開いた。

「奥方が攫《さら》われたとお聞きしました。我がナジェ家も捜索に加わることをお許しいただきたい」

「なぜだ？」

ナジェ侯爵家とマティサは親しい間柄ではない。

「我が君の心の憂《うれ》いを払うためです。わたしは今、休暇中です。王太子親衛隊とは無関係。問題はないはずです」

レナードは、ジュリアスのためなら多少の無理は通す覚悟だった。

「協力に感謝する」

マティサの許しをもらって安堵《あんど》したレナードの肩に、ケイシが手をのせた。

「隊長さん、今日ほど隊長さんが頼もしく見えたことはないよ！」

「は？」

目を丸くするレナードに、ナシェルが礼を言った。

「よくぞ来てくださいました。歓迎します」

〝加護持ち〟の戦力確保。

ナジェ家の助けよりも、レナードの参戦がありがたかった。

◆

ナシェルは増え続ける情報を管理するためダィテス領館に戻り、ホルン侯爵邸にはシンラット侯爵が同行した。

怒《いか》れる〝加護持ち〟の殺気を背中に感じながら、シンラットはホルンに経緯を説明し、交渉を持ちかけた。

「ダィテス公爵令嬢でありマティサ卿の妻であるミリアーナ姫が攫《さら》われたのは、由々《ゆゆ》しきことです。しかも容疑は、あなた方マティサ卿の復権を訴える一派にかかっております」

「そんな！　我々はそのようなことは！」

ホルンは慌てて身の潔白を訴えた。

確かにマティサの復権は望んではいたが、まだ活動らしい活動をしていない。

まして公爵家の人間に手出しすることなど、考えてもいなかった。

シンラットはなおも尋ねる。

「それを証明できますか？」

「証明？」

ホルンは目を瞬《またた》かせる。

「誰もミリアーナ姫の誘拐に関与していないという証《あかし》です。末端の一人一人まで、確実に無罪だと証明できますか？　でなければ全員が関与したものと見なされ、ことごとく処断されます」

シンラットは事の深刻さを伝える。

そこらへんの町娘が攫われたのではない。

国内において最高位の貴族が攫われたのだ。しかも王宮から。もみ消せるほど追及は優しくない。さらには殺気をふりまくマティィサの存在がすべてを物語っている。妻に何かあったらぶち殺すと。

「名簿を出せ」

単刀直入にマティィサは切り出した。

「名簿でございますか」

ホルンが聞き返すと、マティィサが宣言する。

「一人一人、こっちであたる。王都の屋敷、所有する不動産物件、すべて調べさせる」

ホルンは慌てて名簿を引っ張り出した。

誰の仕業か知らないが、とばっちりはまっぴらだった。

調べられて何か出てきたら、それはその者が悪いのだ。

今のマティサの怒気《どき》から逃れられるなら、ホルンは同志を売り渡してもかまわなかった。

「わ、我がホルン侯爵家は無関係でございます。これだけの人数にあたるのは大変でございましょう。我が家の者にも手伝わせます」

シンラットとマティサがホルン侯爵への交渉をしている間、ケイシとレナードは侯爵家の敷地内で待機していた。

ナシェルに呼び出されたコシスも、カティラ家の馬車を使ってホルン邸で合流。ダィテス領館の馬車は、連絡用にカティラ家へ預けてきた。

ちなみにカティラ家の紋章は、飾り気のない一本の剣である。カティラ家の家訓は、『主《あるじ》の剣たれ』というもの。

コシス自身の紋章も、やはり剣だった。

マティサたちを待ちながら、レナードは先ほどからずっと思っていた疑問をケイシにぶつける。

「なぜここにいる」

「隊長さんこそ」

ケイシは、珍しくも不機嫌な表情だった。

「わたしは休みをもらったのだ。休暇中に何をしようと自由だろう」

レナードが言えば、ケイシも自分の事情を説明する。

「俺は非番で休みだったから、恋人に会いにいったの。そしたら駆り出されちゃってさ。埋め合わせはしてくれるらしいけど、何より――」

ケイシは、シンラットを伴って屋敷から出てきたマティサを指す。

「あんな状態で、ほっとけると思う？」

恐ろしいほどの怒気をはらんだマティサに、さすがのレナードも肝《きも》が冷《ひ》えた。

「すさまじいな……」

〝加護持ち〟とはいえキレるほど加護の強くないレナードだが、武人だけあって気配はわかる。

マティサは合流したコシスと何やら打ち合わせをしたあと、通信機とそれを操作できる人間をホルン侯爵家に回すべく、再び屋敷に戻っていった。

「見る限り、キレる寸前なんだけど？　あれで笑いだしたらやばい。キレた時って、すごい躁《そう》状態になるんだよね」

ケイシがマティサの状態を推測する。

「弟君関係のことで、我が君があああることはよくありましたが……大変危険かと存じます」

マティサとの打ち合わせを終えたコシスが口を挟んだ。

「俺が言うのもなんだけどさ、キレた王級〝加護持ち〟って見境《みさかい》ないよ。俺、以前キレた時、叔父《トイエ》に大怪我させちゃってさ。その傷跡、今も残ってんだよね」

「あっ……」

シンラットが小さく声を漏《も》らした。

「どうしました？」

コシスが尋ねるとシンラットが首を振った。

「いえ……ある噂を思い出しただけで……」

シンラットの体は、わずかに震えている。

「何？」

ケイシが聞いた。

「いえ、本当に根拠のない噂でして……マティサ卿の祖父にあたる『狂王』の話ですよ。狂王が王族や国の中枢にいる人々を皆殺しにした理由がですね、寵愛《ちょうあい》していた愛妾《あいしょう》を殺害された――というものです」

あはははは、とシンラットは乾いた笑いを漏《も》らした。

「その寵妃《ちょうひ》は妊娠しておりました。しかし国のためにならないと、王太子をはじめとした中枢の者たちが胎《はら》の子ごと殺害してしまったのですよ。その後、王に問いつめられた王太子は、国のために死ぬべき者たちだったと訴えて――国が愛する者を殺したのなら、国そのものを殺すと『狂王』がキレて滅亡を招いたと。ああ、いえ、根拠はありませんよ。ただ、『狂王』の子を身ごもっていた側女が暗殺されたのは本当のことで――符牒《ふちょう》が合いすぎるので、巷《ちまた》に流れた噂です」

「ちょっと！」

ケイシが悲鳴を上げた。

「なぜこんな時に思い出したんでしょうね。自分でも不思議です」

はははは、と乾いた笑いを漏らしながら、シンラットは視線を外した。

「冗談になんないから！　今この状況じゃ、冗談で済まないから！」

ケイシは悲鳴を上げ、レナードが唸《うな》った。

「不吉なことを！」

一同は、ミリアーナ・ダィテスの無事を心から願った。

マティサはキレても敵味方の区別はつくほうだが、その敵の範囲をどこまで広げるかわからない。

噂の狂王のように、国全体に広げる可能性さえある。

コシスは心を静めて、ケイシに頼んだ。

「万が一、我が君がキレましたら」

「俺が主戦力で押さえこむってんだろ。わかってるよ。だけど、隊長さんも刀《かたな》さんも手伝ってよ。あんたらも〝加護持ち〟だろ？」

ケイシは覚悟を決め、コシスとレナードも頷《うなず》いた。


それから、捜索は拡大の一途をたどった。

親マティサ派と目される領主や、疑いをかけられた復権派の貴族が次々と調査への協力を申し出たのだ。

その情報は、いったんコシスのもとに届く。

コシスは領館のナシェルに連絡して、通信機を協力者に渡してもらった。

協力者たちは、受け取った通信機を使って領館のナシェルに連絡を入れる。ナシェルはそこで得た情報を整理し、再びコシスに届けた。

この情報をもとに、マティサが全体の指示を出す。

混成隊ながらも混乱が少ないのは、ダィテス家による管理体制が機能していたからである。

名簿を片手に各部隊へ指示を出すマティサを眺めながら、ケイシはコシスに頼んだ。

「俺に万が一のことがあったら、髪を切ってナシェルに渡してくれない？」

「髪をですか？」

意図がわからず、コシスは聞き返した。

「うん。カガノの習慣。本当ならカガノの肉親や親しい人にも持っていくんだけど、カガノは遠いからなぁ」

ケイシが遠い目をした。

カガノでは、家族や親しい人に遺髪《いはつ》を渡す習慣がある。なるべく多くの人に渡すため、男女ともに髪を伸ばす。そして男は、日常生活の邪魔にならないよう髪を三つ編みにするのだ。

「不吉なことを！」

レナードが悲鳴に似た声を上げる。

コシスも、ケイシの言葉を否定した。

「ありません！　万が一なんてありません！」

本能が危険だと訴える場所――今にもキレそうな王級〝加護持ち〟の傍《そば》に、あえて踏みとどまらなければならない。そんな状況下にある彼らの精神的重圧は、かなりのものだった。このままでは神経が持たない。

急に奇妙なことを言い出すのは、だいぶきている証拠だった。

いろいろとぎりぎりな一同に、自動車の運転席に控えていたクラリサが駆け寄って告げた。

「男爵家の令嬢が目覚めたそうです。口を割りましたわ」

◆

眉間に深い皺《しわ》を刻《きざ》み、カズルはふらついた。

「大丈夫っすか？」

セイがその体を支える。

「ああ、大丈夫だ。〝視界〟を増やしすぎて、気分が悪くなっただけ」

カズルは幻術使いである。

幻を作り出し、己の目と耳にすることができる。

今のカズルは、できる限り多くの目と耳を飛ばし、ミリアーナを探していた。

それは、同時にいくつもの映像を見るのと同じこと。

数多《あまた》の映像と音を同時に認識して処理し、酔いに近い状態になった。

このままでは、魔力よりも先にカズルの精神力が尽きる。

「闇雲《やみくも》に探しても無理だね。何か手掛かりがないと」

限界に近い数の幻を飛ばしても、なかなか見つからない。

「そう言われても、お方様を攫《さら》う者の心当たりは多すぎるぞ」

ナシタがぼやいた。

ミリアーナの価値は計りしれない。国内だけでなく、国外から身柄を狙う者が来ても不思議ではない。

だが、セイはその考えを否定した。

「それは、俺らがお方様の真価を知っているからっすよ。そうでなきゃ、お方様の価値は限定されるっす」

「そうだな」

三人が話していると、領館から通信が入った。

ナシェルの説明に、カズルが答える。

「メイローサ伯爵家？　サロンで一服盛って身柄を？　わかった、すぐ調べる」


ロゼッタ男爵令嬢は、メイローサ伯爵家のサロンにて、友人のメイローサ伯爵令嬢とミリアーナを引き合わせた。

そして絹の話をしている間に紅茶に一服盛って眠らせ、伯爵家の客室のひとつに閉じこめた。

しかし伯爵に知られてしまい、ミリアーナの身柄は伯爵の手に渡った。

ロゼッタ男爵令嬢のリシェナは、このことを誰にも口外しないよう言い含められ、男爵家に帰された。
その後のことは、何も知らない――
これがダィテス特製「素直になるお薬」を使われた、リシェナの証言である。

第九章　蝶と花

ひらりと黒い蝶が舞う。

どこから紛れこんだものか――ひらりひらりと舞う蝶に、ミリアーナは軽く指を向けた。蝶はミリアーナの人差し指にとまり、羽を休める。

蝶の重さを確かめ、ミリアーナは満足そうに微笑《ほほえ》んで呟《つぶや》く。

「ご苦労様。よろしく頼むわよ」

その時、監禁部屋の外が騒がしくなり、屋敷の主《あるじ》が室内に駆けこんできた。

「無作法ね。一言断って入ったらどうなの？」

ミリアーナが言うと、メイローサは渋面《じゅうめん》になった。

「王都は、大変な騒ぎになっておりますぞ」

王都では警吏《けいり》が走りまわり、違う紋章のついた多くの馬車が行き交っていた。

「そうなるでしょうね。最高位の貴族の一人がいなくなったら、身内が総力をあげて探すのは当然だわ。親しい人たちも、手を貸してくれるでしょうしね」

カティラ家の人間は当然として――身の潔白を証明すべく動く人たちもいるだろう。

さらに、元王太子としての伝手《つて》もある。

最終的にどれだけの人数が動員されるものか、ミリアーナはちょっと恐かった。

メイローサは、ミリアーナの指にとまる蝶に気づいた。

「蝶？」

閉めきられた地下の部屋に、どこから迷いこんできたのかと首を傾《かし》げる。

「知っているかしら？　黒い蝶は死を運ぶのよ。この蝶は誰の死を運んできたのでしょうね」

ミリアーナはメイローサに蝶を向ける。

彼は頭を横に振った。

「そのような心配はありません。我々は、あなたを害するつもりはありませんので」

「害するつもりがない？　笑わせてくれるわね。拉致《らち》して監禁するのが害ではないとでも言うつもりなの？」

ミリアーナは鼻で笑って言った。

「あなたはとっくに私を害しているのよ、メイローサ伯」

その言葉に、メイローサがたじろいだ。

くすくすとミリアーナが笑う。

「おかしいわ。それともおかしいのは、あなたの頭かしら？　公爵家の人間を攫《さら》っておいて、ただで済むとでも？」

メイローサが吠《ほ》えた。

「私は間違っていない！　王となるべきは、マティサ殿下をおいて他にない！　武勇、知力に秀でるあの方は、王となるべきなのだ！」

「それは臣下に下っても発揮できるものよ」

ひらりと蝶が舞い立ち、くるりと円を描く。

「残念、時間切れ」

天井から人が降ってきた。

顔まで隠した黒ずくめの二人組は、伯爵とミリアーナの間に降り立つ。

一人が伯爵に棒のようなものを押しあてると、バシッという音とともに、伯爵が硬直して崩れ落ちた。

もう一人は、すかさず伯爵を担《かつ》ぐ。

一撃で伯爵を倒した男は棒をしまい、ミリアーナの前に跪《ひざまず》いた。

「お迎えにまいりました」

何度も聞いたことのある、クリスタルボイス。

「ご苦労様」

ミリアーナは密偵たちをねぎらった。

伯爵を一撃で昏倒《こんとう》させた男――セイはミリアーナを抱え上げ、天井にあいた穴に一瞬で飛び移る。

伯爵を担いだ男――ナシタも、それに続いた。

伯爵家の護衛が手を出す間もなく、彼らは逃走した。

ダイテス公爵家お抱えの密偵、幻術使いのカズルが斥候《せっこう》として好んで使うのは、黒い蝶と鴉《からす》の幻影。

それらは重さを持たず、実体もないためどこにでも入りこめる。

そして映像と音をカズルに伝え、彼の思うとおりに動く。

地下の部屋に黒い蝶が現れた時、ミリアーナは迎えが来たとわかった。

ダィテスの優秀な密偵は、メイローサ伯爵邸を探りはじめてすぐにミリアーナの居場所を見つけたのだ。

質量のない黒い蝶――カズルの幻に先導され、ダィテスの密偵は何者にも阻《はば》まれることなく、屋敷の天井裏を疾走《しっそう》した。


ミリアーナの捜索隊は、メイローサ伯爵の屋敷を遠巻きに警戒していた。

気づかれると、人質に何かされる恐れがあるとの判断だ。

しかし包囲網は完成し、じりじりと距離を詰めている。

領館からミリアーナ発見の一報があったあと、各部隊に貸し出されていた馬車に連絡が回った。

ある者は伯爵の屋敷周辺に集まり、余剰戦力は役目が終わったと解散。

その伝達速度の速さに、通信機の存在を知らないダィテス以外の人間は驚いた。

「魔法道具、だったな。伝令の比ではないぞ。この伝達速度は」

親衛隊の隊長レナードは、ダィテス秘蔵の魔法道具だという通信機の有効性に、感嘆《かんたん》の声を上げた。

捜索隊が滞りなく行動できたのは、指示の伝達が速く、また情報を共有できたからである。

伝令だと、こうはいかない。どうしても時間差ができる。

加えて、伝令が途中で負傷したり命を落としたりして、連絡が滞る場合がある。それが勝敗を分ける可能性も高いのだ。

通信機は距離を気にすることなく、確実に情報を伝え、直接会話ができる。

「――これを融通してもらうわけにはいかないか？」

戦《いくさ》の時に、これがあれば――レナードはそう思わずにいられない。

今日のような統率が取れるのなら、いくらかかってもかまわなかった。

金銭で購《まかな》えるものなら手に入れたい。

そんなことを考えるレナードに、主《あるじ》にかわってコシスが答えた。

「これは細かい手入れが必要なものです。使われている精霊石も、頻繁にかえなければなりません。竜骨から精霊石が豊富に採掘できるダィテスならともかく、維持は難しいでしょう。それに、ある条件を満たしていないと使えません」

「どこでも使えるわけではないのか？」

「さようです」

コシスは、嘘を言っていない。

メンテナンスと精霊石の魔力の補充がないと、通信機はすぐ使いものにならなくなる。

また場所によっては、中継機がないと繋がらない。王都では、領館が通信基地としての機能を備えているのだ。

動力となる精霊石も、竜骨では豊富に採掘される。それは、採掘場の近くまでロープウェイが通っていることが大きい。

「残念だ」

レナードは本当に残念そうに言い、再び尋ねた。

「これも、そうなのか？」

彼が指さしたのは、ダィテス領館から貸し出されたライトだ。

すっかり日が落ちてしまったものの、それがあたりを照らしている。

「さようです」

レナードの問いかけに、コシスが答えた。

ダィテスの魔法道具にレナードが興味を示す一方、その場には、めそめそと涙を流すダィテス公爵グライムの姿もあった。

先日の祝宴に出席するため王都に来ていたグライム。ミリアーナが行方《ゆくえ》不明と聞いてひっくり返り、飛んできたのだ。

「うっうっ、僕の可愛いミリー……なんでこんなことに」

しかし、こうもめそめそされては、鬱陶《うっとう》しいことこの上ない。

「すぐ奪い返します」

マティサがメイローサの屋敷を睨《にら》みながら言う。

「これというのも、変な期待が残っているからだよね？」

「でしょうな」

グライムの言葉をマティサは肯定した。

マティサの復権。可能性として、それはゼロではない。

ぐすぐすとグライムが涙を拭《ぬぐ》う。

「孫の顔を見てからと思っていたけど、僕は隠居《いんきょ》するよ」

「公？」

マティサが訝《いぶか》しげな表情を浮かべる。

「はっきり臣下になってしまえば、復権なんて誰も考えないよね？　僕は家督《かとく》を譲って隠居するよ～。ミリーの身にはかえられないからね」

孫が生まれたらすぐ隠居するつもりだったから、大差ないよね、とグライムは訴える。

こうして大きな決断が下された。

とその時、闇の中から何かが飛び出してくる。

武人たちが剣に手をかける中、闇から現れたそれは、マティサの前に控えた。

「お方様をお連れしました」

高く澄んだ声が告げる。

黒ずくめの男に抱きかかえられていたミリアーナは、満面の笑みでマティサを呼んだ。

「婿様ぁぁ！」

周囲の者たちに圧力さえ感じさせていた鬼気《きき》が霧散《むさん》した。

新たに浮かんだのは、喜色のみ。

「ミリアーナ！」

マティサも妻の名を呼ぶ。

ミリアーナは、迷うことなくマティサの胸に飛びこんだ。マティサがそれを抱きとめる。

マティサの腕の中で、ミリアーナは喜びをあらわにした。

「必ず来てくれると信じてましたわ」

「無事で何よりだ」

固く抱擁する夫婦。

こうして王都壊滅の危機は免《まぬか》れた。

緊張感から解放され、ケイシが呟《つぶや》く。

「よ、よかったぁ。一時はどうなることかと」

「た、助かった……」

レナードは、その場にへたり込んだ。

「神よ……感謝します……」

シンラットは、日頃祈りもしない神に感謝を捧げる。

マティサが放つ殺気は、それほど一同に緊張感を強いていたのだ。

「ようございました。お方様」

「お嬢様……よかった……」

泣き崩れたクラリサを、コシスが肩を抱いて宥《なだ》める。

そこへ、男を抱えたナシタとカズルが現れた。

ナシタは、芋虫《いもむし》のようにぐるぐる巻きに縛られた中年の男を地面に転がす。

「今回の首謀者メイローサ伯爵です」

いったんおさまった殺気だが、今度はそこら中から噴《ふ》き出した。

意識のない人間に切りかかったりはしないが、その場にいた者たちの目つきはすさまじく険《けわ》しい。

誰も口にはしないが、こいつのせいでという思いは拭えない。

日頃温厚なシンラットは、奥歯を噛《か》みしめて言う。

「……気を失っている人間に対してナニカするのはどうかとは思うけど。一発殴ってやりたいのは、わたしだけかな？」

「安心しろ、わたしもだ」

レナードが賛同したところで、コシスが提案する。

「警吏《けいり》に引き渡しましょう、我々の忍耐が切れないうちに」

日頃忍耐強い人間にも、限界というものがあるのだった。

人質が救出されれば、あとはなんの遠慮もいらない。

マティサは命じた。

「伯爵は警吏に引き渡せ。屋敷には降伏勧告、従わなければ制圧しろ」

伯爵は警吏《けいり》に引き渡され、屋敷はあっさりと降伏した。

戦闘が行われることなく、屋敷の者たちも警吏に引き渡される。

集《つど》った義勇兵には解散が言い渡され、ダイテス家は大事な宝を取り戻して屋敷に帰還した。

後始末は警吏の仕事である。

こうして王都を震撼《しんかん》させた事件は、あっけなく幕を下ろしたのである。

事件の間、蚊帳《かや》の外であった各国の王は、事件後に事の顛末《てんまつ》を聞いて驚愕《きょうがく》したという。

西の国の王は、安堵《あんど》の笑みを浮かべてのたまった。

「奥方に怪我はなかったのですね。それは何よりです」

一方、猛々しい東の国の王は憤慨《ふんがい》する。

「王都崩壊の危機ではないか！　こちらになんの情報もないとは、どういうことだ！」

涼やかな顔をして呟《つぶや》くのは、南の国の王。

「ほう、知らぬとは恐ろしいものじゃのう。そのようなことになっておったとは。何事もなく重畳《ちょう》重畳《じょう》」

その息子は、不満げな声を上げた。

「水臭ぇなあ。ひとこと言ってくれりゃいいのによ」

メイローサ伯爵令嬢がロゼッタ男爵令嬢に片棒を担《かつ》がせ、ダイテス公爵令嬢を嫌がらせのため拉《ら》致《ち》監禁した今回の事件。さらに伯爵令嬢の父親が欲を出したことで、事態は深刻になった。

オウミ王はこれを見逃さず、厳しい態度を取った。

後の裁きにより、高位貴族を拉致監禁した罪で、メイローサ伯爵家は爵位《しゃくい》剥奪《はくだつ》、領地も財産もすべて没収。メイローサ伯爵とその令嬢は罪人として扱われ、家人は散り散りとなった。

一方で、この事件はダィテス公爵家——というより、マティサの影響力を知らしめた。

王族の権利を剥奪《はくだつ》され、次期公爵という立場に囚《とら》われた、なんの権力も持たないはずの個人。

そんなマティサのため、オウミの諸侯が数多く動いたのだ。

さらに、その者たちを完璧に管理制御して見せた手腕《しゅわん》。

魔法道具を使用したということだったが、有効性の高い道具を多数所持していること自体、ダィテス公爵家の株を上げた。

捜索に参加した者の中には、ぜひ譲ってほしいと持ちかけた者も少なくなかった。

しかし、公爵家秘蔵の宝であるからと、それは許されなかった。

事件当日、王都のあちこちで見られた麦をくわえた鳩の紋章。

だが、それはほどなくして見られなくなる。

エピローグ　一夜明けて

外からの日差しが室内を明るくしていた。

王都のダィテス領館も、長く滞在するうちに使い勝手がいいよう整えられていく。

コシスは寝台の上で頭を抱えた。

昨夜の己の所業を思うと、頭が痛い。

なぜあんなことをしてしまったのか、自問すれば答えは明白だ。

仕える主《あるじ》の大事な人――お方様《ミリアーナ》が行方《ゆくえ》不明となった。

方々を駆けずりまわり、お方様の身柄を確保するまでの間、総身が凍るほどの鬼気を浴びせられ続けた。

お方様を保護したあと、ようやく緊張感から解放されたが、それは思っていた以上に精神に負担をかけていたらしい。

犯人を警吏《けいり》に引き渡し、すべての後始末を終えて領館にたどり着いた時には、安堵《あんど》のあまり箍《たが》が吹っ飛んだ。

しかし、それは言い訳にしかならない。するべきことはひとつだ。

「責任を取らせてください」

「……はい」

同じ寝台にいたクラリサは、小さく答えた。

コシス・カティラは、この日から結婚のための行動を起こした。

多くの人に祝福される中、結婚式は予定より前倒しされることとなった。

なぜなら、一夜のことで新しい命が芽生《めば》えたためである。

新婦の体形が変わる前にと、慌ただしく式の準備は行われた。

彼の異母弟《いぼてい》は、懐妊の報告を受けてこう答えたという。

「兄上も隅にはおけませんな、見事な早業《はやわざ》です」

◆

ダィテス公爵令嬢の誘拐事件で、実行犯となったロゼッタ男爵令嬢。

男爵家もまた、メイローサ伯爵と同様、マティサの復権派に所属していた。

ただ、それは名簿に名を連ねていただけのこと。爵位《しゃくい》の関係で、男爵も侯爵も発言権はないに等しかった。

そのため、メイローサ伯爵は、何か手柄を立てようと娘のしでかしたことに便乗したのだ。

事件の翌日、復権派の者たちはダィテス領館に押しかけた。自分たちも共犯だと思われてはたまらないと、釈明するためである。

つめかけた復権派の者たちには、マティサとミリアーナの夫婦が対応している。

「む、娘が大変申し訳ないことをいたしました。私の監督不行き届きでございました」

ロゼッタ男爵は、床に額を打ちつけんばかりに謝罪した。

ロゼッタ男爵令嬢リシェナは、警吏《けいり》に引き渡されて厳重に取り調べを受けている。

王宮で不祥事を起こしたのだ。

唆《そそのか》された、では済まない。厳しく咎《とが》められるだろう。それは男爵家も同じだ。没落は免《まぬか》れることができない。

ロゼッタ男爵はその前にダィテス家へ謝罪すべく、他の復権派の者たちとともに屋敷を訪れた。

その場には、ホルン侯爵の姿もある。

ロゼッタ男爵としては、謝り倒すしかない。ダィテス家に詫《わ》びの品を大量に持ちこんだが、いくら頭を下げても足りないと考えていた。

上座に座るマティサは口を開いた。

「ご令嬢は、付き合う友人を選ぶべきだったな。本意ではなかったとはいえ、やってしまったことは深刻だ」

「は……はい」

ロゼッタ男爵は全身に汗をかいた。

そもそも、リシェナがメイローサ伯爵家の令嬢と仲良くしていたのは男爵の命《めい》だったのだ。

少しでも上位の家と親しくしておきたいという意図である。

しかしあとで聞けば、リシェナはグロリアにいいように使われていた。

手下に似た扱いを受けていたのだ。

リシェナはそれほど気が強くない。人の言いなりになってしまう気弱なところがある。

それでも父の言いつけだからと、リシェナはグロリアに従ったらしい。

明らかに男爵の責任だ。

「なんらかの罰はあると思うが――若い令嬢のしたことだ。そこまでひどいことには、ならないだろう」

意外にも、今日のマティサは理性的で鷹揚《おうよう》だった。

しかし、たとえそうであったとしても、リシェナはもう人前には出せない。

男爵は、もし娘が帰ってきたら修道院に入れるしかないと思っていた。

マティサと男爵の話が一段落ついたと判断したのか、ホルン侯爵が口を開く。

「この度は、盟友と思っていた者がとんだことをしでかしてしまいました。ですが我々は、マティサ卿を支援したいと思っていただけでして、奥方様を害する意図などありませんでした。幾重《いくえ》にもお詫《わ》び申し上げます」

マティサは、ホルン侯爵を見据えて言った。

「そちらに害意がなかったことは、捜索隊に協力してくれたことでわかっている。そうだな、嫁」

「ええ。皆様、私の捜索に助力してくださったとか。感謝いたしますわ」

マティサの膝の上で、ミリアーナはにっこり笑って謝意を表した。

ミリアーナはマティサの胸にもたれかかるように体を預けており、その肩をマティサが支えて――否《いな》、抱いている。マティサはあいた手で妻の艶《つや》やかな黒髪を撫《な》で、指にからめて遊ぶ。

夫婦仲のよさ――マティサの溺愛ぶりを見せつけるような光景だ。

「ささやかではあるが、感謝の印に贈りものを用意させてある。ダィテス産のものだが、品質は保証する」

叱咤《しった》を覚悟していた一同は、少し安堵《あんど》する。

彼らも詫《わ》びの品を用意し、受け取ってもらうことができた。

ダィテス公爵家側からの感謝の印があるとすれば、誘拐事件とは無関係だと認められたようなものだ。

とここで、マティサが爆弾を落とした。

「ああ、そうだ。こちらのことだが――舅《しゅうと》が近々、隠居《いんきょ》することになった」

一同が息を呑む。

「ダィテス公爵がですか？」

どこからともなく上がった声に、マティサは頷《うなず》いた。

「そうだ。舅もまだ若いと思うのだが、決意が固くてな。すぐに許しが出るだろう。いずれ改めて、ダィテス公爵として挨拶《あいさつ》にうかがわせてもらう」

現ダィテス公爵のグライムが隠居すれば、家督《かとく》は娘婿マティサのものとなる。

これで、マティサがミリアーナと離縁して王族復帰する可能性は完全になくなった。

復権派のかすかな希望を打ち砕くのに、充分な話だ。

「その時はよろしく頼むぞ」

自分の言葉がとどめを刺したと確信しつつ、マティサは笑って見せた。

「では、嫁の体調が思わしくないのでな、これで失礼させてもらう」

マティサはミリアーナを抱いたまま立ち上がった。

夫の首に腕を回し、ミリアーナは客人に顔を向ける。

「今日はお越しくださり、ありがとうございました」

マティサは、ミリアーナとともに退室した。


「大丈夫か?」

マティサは腕の中にいるミリアーナの体調を気遣う。

ミリアーナはマティサに甘えていたのではなく、支えてもらわなければ上半身を起こしていられなかった。

口実ではなく、本当に体調不良だったのだ。

原因はマティサである。

「まだ足腰が立ちません……婿様……」

「なんだ?」

「婿様、常日頃、ちゃんと手加減してくださっていたんですね……」

「……すまん」

マティサはとりあえず謝罪した。

昨夜、マティサの箍《たが》は外れて手加減を忘れてしまった。

「無理に起きてこなくてもよかったんだぞ？」

復権派との会談は、マティサ一人でもなんとかなる。

すると、ほほほほほっとどこか投げやりにミリアーナが笑った。

「とどめを刺されるところが見たかったのです♡　あれだけ見せつければ、もう何も言えませんでしょう？」

「悪趣味な……」

とはいえ、マティサもわかっていて一役買うことにしたのだ。

マティサは、意図的に甘い雰囲気を見せつけた。

手触りのいいミリアーナの髪はマティサのお気に入りだが、ところかまわず弄《もてあそ》んだりはしない。

「しかし、転んでもただでは起きんな」

マティサはミリアーナの商魂の逞《たくま》しさに呆れた。

用意したダイテス産の礼の品は、これから販路を確保しようとしているものばかり。

屋敷につめかけた貴族に、品質を売りこむのが目的だ。

いわば試供品。

ホルン侯爵をはじめ、オウミ中央に領地を持つ貴族数十名にアピールした。

もちろん、協力してくれた他の領主たちにもダィテス産の品を贈る予定で、手配は済んでいる。

これで、一気にダィテスの知名度が上がるだろう。

場合によっては、ダィテスでしか手に入らない嗜好品《しこう》を出してもいい。

「あらぁ、尽力いただいたら礼をするのが道理。その品物を気に入るかどうかは、あちら次第ですわ。まあ、お気に召《め》したのなら、商売になることもありますわね♪」

ミリアーナは声を立てて笑った。

「したたかだな、嫁」

「あら？　私はただのか弱い女ですわ。したたかだなんて、そんな。それより、婿様はこれからが大変ですわね」

「そうだな」

マティサは苦笑した。

「独立騎兵隊を本格的に任《まか》されるかもしれませんわ」

ユティアス王は王妃派を刺激しないよう計《はか》らいながらも、かねてからそれを願ってきた。

「引き受けてもかまわない」

「状況が変わりましたものね」

公爵――明らかな家臣となれば、マティサがどう動こうと、ジュリアスの地位を脅《おびや》かすことはない。

ハヤサから縁組が申しこまれでもすれば、なおさらだ。

『虐殺人形』、あるいは『強欲王』でもいいが、ジュリアス自身が他国の王族の後ろ盾を得られれば、誰も不服を言えなくなる。

マティサの爵位《しゃくい》相続をもって、軍に復帰させる。

独立騎兵隊の隊長就任は確実だろう。それに合わせて、コシスも軍に復帰するに違いない。

ユティアス王がさぞ喜びそうだ。

「しかし、よかったのか？」

マティサはミリアーナに尋ねた。

「何がですか？」

「紋章のことだ」

グライム・ダィテスは、ダィテス公爵家の紋章を変えると言い出した。

マティサの相続と同時に紋章を変え、今までの紋章はグライム個人の紋章とするという。

新しいダィテス公爵家の紋章は、マティサの月と薄《すすき》の紋章となる。

貴族の家が紋章を変えるのは、結構大変だ。家にある紋章をすべて入れかえなければならない。

これでは、まるでマティサがダィテス家を乗っ取ったようだ。

ダィテス公爵家の紋章は、初代から続く由緒《ゆいしょ》あるものだというのに。

しかし、ミリアーナはにっこりと笑った。

「かまいませんわ。もともと初代が王家に従順の意を表すために、平和を象徴する紋章をつくったんです」

王都を追われた初代が北の辺境でこの紋章を定めた時、ついてきた腹心の部下は「似合わない」と大笑いしたらしい。余談だが、その笑った部下はエドアルドのご先祖様だ。

長年かけてこの紋章になじみ、ダィテス公爵家はそれにふさわしい気性となった。

しかし、マティサはそうではない。

この先、オウミの剣となり盾となり支えていく覚悟の人間に、この紋章はふさわしくないだろう。

「正直、婿様には鳩と麦の紋章なんか似合いませんわ。牧歌的な雰囲気が欠片《かけら》もありませんもの。婿様にはやはり、月と薄でしょう？」

夜空に輝く気高き月。薄はつがえられた矢にも見える。

この紋章以外、マティサに似合うものはない。

華やかで鋭《するど》い、抜き身の刃《やいば》のような人物。

ミリアーナはマティサの胸に頬を寄せた。

「婿様は思うままになさってくださいませ。全力で支援いたしますわ」

「それは心強いな」

マティサはミリアーナの艶《つや》やかな髪を撫《な》でた。

ダィテス公爵グライムはすぐに隠居《いんきょ》を申し出て、マティサはダィテス公爵となった。

未来の話にはなるが、マティサは公爵としてオウミを支えていくこととなる。

独立騎兵隊を率いる若き公爵。ミリアーナはそれを陰で支援した。

後世、ミリアーナはその内政の手腕《しゅわん》により『異質なる賢者』と呼ばれるようになる。しかし、それは彼女の死後のことである。

今日も、ミリアーナは愛する夫に寄り添いながら、いたずらっぽい笑みを浮かべている。

海の国の諸事情

ハヤサは、モグワールの中でも力ある豪族であった。

モグワールは大陸の一部と近海の大小の島々で成り立ち、ハヤサはその中でも陸に近い大きな島を領地としていた。ハヤサの者は船をよく使い、荒っぽい気性で知られている。

その総領娘のオクタヴィアが四人目の子供を生んだ。

結婚して一年で第一子、二年後に第二子が誕生。さらに翌年には第三子が、二年後の今年に四人目が生まれた。

ハヤサ本家は喜びに沸き、飲めや歌えやのどんちゃん騒ぎだ。

しかしオクタヴィア本人は――

「あたしが飲めないのに、目の前で飲むんじゃねえ！」

生まれたばかりの三男を連れて、部屋に引っこんでいる。

残された夫は、上座で物憂《ものう》げに座って茶をすすっていた。ハヤサの婿は酒に弱い。飲むとひっくり返るので、誰も酒をすすめなかった。

無理やり下戸《げこ》に飲ませるくらいだったら、自分で飲む。

それがハヤサの人間だ。

オクタヴィアの夫は、モグワール王家の第五王子ナリスである。濡《ぬ》れ羽色《ばいろ》の黒髪に、黒曜石《こくようせき》に似た瞳。名工が丹精込めて作り上げた人形のような美貌。ほっそりした肢体は優美で、なかなか女にもいないくらいの美形だ。

ハヤサの系統がはっきり出た、大柄で野性的な顔——はっきり言って男顔のオクタヴィアと並べば、男女が逆転して見える。

妊娠も授乳もしていない頃、男らしく胡坐《あぐら》をかいて酒をあおるオクタヴィアの傍《そば》でナリスが酌《しゃく》をしている姿は、まさしくそれだった。

オクタヴィアの父、ナリスの舅《しゅうと》のガンザは、何度もその姿を見て涙をこぼした。

娘の育て方を間違えたと。

ガンザの子は、オクタヴィア一人。いずれはオクタヴィアに婿を取って家を継がせるしかなかったのに、当時のガンザとその父ゴウザは何を血迷ったのか、オクタヴィアを男のように育ててしまった。オクタヴィアに武芸を教え、戦場にまで連れていったのだ。

ガンザは、昔の自分を殴ってやりたかった。百発ほど。

オクタヴィアは男勝りで、王級〝加護持ち〟。『ハヤサの鬼姫《おにひめ》』の異名を取り、戦《いくさ》とあれば先陣切って飛びこみ、大将首をあげる。

頼もしすぎる娘だった。

しばらくの間、ガンザはそれを喜んでいたが、ある日はたと気づいた。

婿を取らねばならんと。

なぜか、ガンザの頭からそれは抜けていた。

本来なら条件の合う者と婚約させていても不思議ではないのに、適齢期を迎えたオクタヴィアには許婚《いいなずけ》もいなかったのである。

ガンザとその父ゴウザは慌てて親戚筋から婿を取ろうとしたが、分家の人間は土下座してその話を断った。婿の候補に直接話を持っていった時など、裸足《はだし》で逃げられた。

比喩《ひゆ》ではなく、現実に。

誰が自分より漢《おとこ》らしい女を嫁にするというのか。

そう絶望しかけたハヤサ本家に、モグワール王家が縁談を持ってきた。

明らかにこちらを懐柔《かいじゅう》するためのものだったが、ハヤサはこれに飛びついた。

もはやオクタヴィアを娶《めと》ってくれる男なら誰でもいいと。

やってきたのは、『虐殺人形』と呼ばれるナリス王子だった。

あまりの美しさに、ガンザは本当に娘でいいのか問いつめたくなった。

だが、娘の行動はさらに突飛だった。

婿をけり倒した上に踏みつけ、『雌犬《めすいぬ》』と罵《ののし》ったのだ。

いくらなんでもこれは駄目だろう。

王命なので形式上の結婚はしても、本当の夫婦にはならず白い結婚を貫《つらぬ》かれかねない。

だが、なぜかナリスはオクタヴィアを本当の妻とした。

オクタヴィアにべったりで、子をなし、仲睦《なかむつ》まじく過ごしている。

ガンザはいまだに、本当にうちの娘でいいのかと問いつめたかった。

「じい～」

初孫のトウザがガンザの膝にのってくる。

「おお、トウザ、来い来い」

「ん」

トウザがちょこんとガンザの膝に座った。

トウザは五歳。オクタヴィアの生んだ長子で、ハヤサの血筋がはっきり出た容姿をしている。

硬い黒髪に、黒い瞳。顔は小さい頃のオクタヴィアに瓜二《うりふた》つだ。

何より素晴らしいことに、男である。

待ち望んだ男の孫に、ガンザもゴウザもめろめろだった。

「食べるか。うまいぞ」

「ん」

ガンザは自分の膳《ぜん》をトウザに分け与えた。あれも食べろ、これも食べろと次々に与えれば、トウザはぱくぱくと元気に食べる。

その様子は、可愛くてたまらない。

小さい頃のオクタヴィアが男らしい態度を取る度に、ガンザは喜んだものだった。

できれば昔の自分を殴ってやりたい。何を考えているのかと。

男は男、女は女。

いくら女が男のように振る舞おうと、男になれるわけではない。将来、必ず後悔することになる。

ガンザの父ゴウザの膝には、オクタヴィアの生んだ長女――女孫のタヴィナがのっていた。

こちらは、父ナリスによく似ている。黒い瞳に黒髪。だがタヴィナの髪のほうが柔らかい。人形のように整った美貌は、将来を期待させた。

ゴウザが強面《こわもて》を蕩《とろ》けさせて、よしよしと頭を撫《な》でる。

きゃっきゃっと可愛らしい声を上げて、曽祖父《そうそふ》に甘えるタヴィナ。

素晴らしい。これこそあるべき姿だ。男は雄々《おお》しく、女は愛らしく――ガンザは熱くなった目頭《めがしら》を拭《ぬぐ》った。

次男のセンザは、トウザより十歳上の遠縁の子ソウマがあやしている。

ああ、平和だ――ガンザは、目を細めた。

「じい、どっかたい？」

「おお、トウザ。じいはどこも痛くないぞ。嬉しゅうて、たまらんのだ」

とりあえず、オクタヴィアは子をなしてくれた。それも四人も。皆、健《すこ》やかに育っている。

幸せとはこのことだったのだと、ガンザは幸福感に浸った。

「いやいや、御大《おんたい》も涙もろくなりましたなぁ」

一族の男が杯《さかずき》を掲げて飲み干す。

「そりゃあ、こうもたくさん孫ができれば、御大も嬉しくてたまらんでしょう。ハヤサは安泰《あんたい》ですな！」

大きな笑い声が起こり、次々と一族の男が杯を掲げる。

「いやあ、めでたい、めでたい！　もう一杯！」

「めでたい！　こっちにも、もう一杯！」

「ええい、面倒だ！　樽《たる》で持ってこーい！」

ぎゃはははは、とガンザも腹の底から笑った。

赤い顔をした一族の男が、ゴウザの膝を占領しているタヴィナを覗きこんだ。

「いや、まあ、なんと可愛らしい。ゴウザの美姫《びき》ですなぁ。大隠居《おおいんきょ》、大きくなったら、うちの倅《せがれ》の嫁にくださいよぉ」

「馬鹿を言うでないわ！　この子はわしがいーい縁を見つけてやるんじゃあぁぁぁ！　お前んとこの倅なんぞ、ぺっぺのぺーじゃ！」

ゴウザがしっしと一族の男を追い払おうとする。

「そうじゃ、そうじゃ！　これはと見込んだ男にしか孫はやらーん！」

ガンザが吠《ほ》える。

爺馬鹿《じじばか》×2が炸裂《さくれつ》した。

「ひでえ。うちの倅、まだ九つなんで、今から鍛《きた》えます。考えてやってくださいよぉ」

「させるかぁ！　隠居～、うちの孫も鍛えますんで、うちのにください！」

「いやいや、そんなら、うちも名乗りを上げるぞー！」

「競争じゃあ！　本家のお役に立って、嫁をもらうぞー！」

「乗った！　うちのは、将来有望なんじゃぞ！　タヴィナ嬢はもらったー！」

「なんのぉおおお！　うちの倅《せがれ》はもっと強いわ！」

うおおお！　と酒の回った酔っ払いたちが雄《お》たけびを上げる。

齢《よわい》三つのタヴィナに、許婚《いいなずけ》候補が湧いて出た。

そのうち誰かが踊りだし、あっちこっちで我流《がりゅう》の奇妙な踊りがはじまる。

「貴様らー！　オクタヴィアん時は逃げまわったくせに、何言うとんじゃあ！」

ものが飛んでは笑い声が起こり、樽から酒を注《つ》いでは乾杯の音頭《おんど》を取る。酔いが回れば、歌えや踊れや。

ハヤサの宴会は、いつものように盛り上がっていた。

「いやーははは、お嬢そっくりですなぁ。いい面構《つらがま》えで」

本家に近い家の当主がトウザを褒《ほ》めた。

「お嬢は〝加護持ち〟、婿殿も〝加護持ち〟。こいつは、どの子か〝加護持ち〟かもしれませんな。そうなれば、ハヤサは安泰《あんたい》、安泰」

別の酔っ払いがはやし立てる。

「いよっ、めでたい、めでたい」

もはや、どんなネタも盛り上がるだけだった。

センザはもう眠っていて、下女が部屋に連れていった。

タヴィナは、曽祖父《そうそふ》の膝でうつらうつらしている。

「う?」

トウザが首を傾《かし》げた。

それまで、オクがいない、オクが冷たい、とオクタヴィアの欠席を一人嘆《なげ》いていたナリスは顔を上げた。

「かわゆいのお、オクも小さい頃はこうであったのかのう」

一番オクタヴィアに似ているトウザを見て、しみじみと言う。

「そうじゃのう、〝加護持ち〟かどうかは、なかなかわからぬというが……」

ナリスがちらりと庭を見た。

座敷の向こうの庭には池があり、その傍《かたわ》らには、大人が手を回しても余るほど太い幹《みき》の大木がある。

「あの木でも抜ければ、そうじゃろう」

ナリスは涼しい顔でのたまった。

「そいつは無理だ!」

酔っ払いの一人が笑い出す。

「わしらでも、できんわ。そりゃあ、できたら〝加護持ち〟じゃ」

わーははははと皆が笑う。

「う?」

その時、何を思ったのか、トウザは立ち上がって庭に下りた。

そしてナリスが示した大木の根元に駆け寄り、しゃがみこんで小さな腕を幹に回す。

「お、やりなさるか、若」

「漢ですな！」

「わーか、わーか」

酔いが回った男たちは盛り上がって声援を送り、手拍子を取る。

この時、祖父たちは微笑《ほほえ》ましいものを見る気分であった。

「ん！」

トウザは声を上げ――力余って後ろにひっくり返った。木を抱えたまま。

根っこから引き抜かれた木は、メキメキと音を立てて倒れる。

酔っ払いたちが凍りついたように動きを止めた。

音を立てる者は、一人もいない。

「む～」

ひっくり返って大木の下敷きになったトウザは、不機嫌な顔でそれを横に転がした。

そして座敷に戻り、打ちつけた後ろ頭を抱える。

「たい」

「ふむ」

ナリスは優雅に扇《おうぎ》を広げた。

静まり返った座敷に、ナリスの満足げな声が響く。

「王級じゃの。さすが我とオクの子だえ」

トウザ五歳。王級〝加護持ち〟と認定された日のことである。


ハヤサの総領娘オクタヴィアは、女だてらに戦《いくさ》に出て『ハヤサの鬼姫』と呼ばれる、王級〝加護持ち〟であった。

これほどの一族を敵に回すわけにはいかないと、モグワール王家はオクタヴィアに第五王子のナリスを娶《めあわ》せた。

『虐殺人形』ナリスもまた王級〝加護持ち〟だ。

婚姻によりハヤサの当主は隠居《いんきょ》、婿であるナリスがハヤサ家を継いだ。

内からハヤサを乗っ取ろうというモグワール王家の策略である。

ナリスとオクタヴィアは、三男三女の子をなし、長子が王級〝加護持ち〟であった。

そのままなら、王家の思惑は最上の結果をもたらしただろう。

だが、代替わりとともにモグワール王家は方針を変えた。

『ハヤサの鬼姫』オクタヴィアの暗殺――

これに激怒したハヤサはモグワールを滅ぼし、モグワールの国土を我がものとした。

ハヤサの建国である。

ナリスは実家に味方するどころか、妻を奪った王家の人々を自らの手で葬《ほうむ》ったのだ。

「フィールは厄介じゃ。あそこの王はいまだモグワールに義理立てしておって、我が国を認めておらぬ。あのような腐った国に、なんの義理があるものやら」

ハヤサ建国より二年が経った。

港を持つモグワールでは交易をしていた。ハヤサはこれに力を入れ、取引のある国の多くは変わらず付き合いがある。

だが、ごく一部からの反発は避けられない。

東の海洋国フィールがそうだった。

厄介なことに、フィールは東の交易の要《かなめ》とも言える国。

東方面との交易時、フィールとの関係は大きな影響を及ぼす。

しかし、戦《いくさ》を仕掛けるのは下策。

戦力的に負けるとは思わないが、遠征の距離が馬鹿にならない。

カイナンよりもさらに遠い東の国なのだ。

また、よしんばフィールを取ったとしても、ハヤサから見れば遠い遠い飛び地。フィールが交易をしている国との付き合いも、引き継げるとは限らない。

何より、ハヤサの国内はまだ落ち着いていなかった。火種は残っている。

一豪族であったハヤサがモグワール王家に反逆する際、周囲の諸侯を巻きこんで味方をしてもらう必要があった。

ナリスはうまく立ちまわり、多くの味方を得たが、もちろんモグワール王家についた貴族もいた。それの貴族は打ち負かして降参させたものの、一族すべてを処罰することはできない。滅ぼした一族、許して取りこんだ一族、力は削《そ》ぐが存続を許した一族。

このような仕置きが終わったばかりで、人心《じんしん》はまだ落ち着いていない。今は、国内の平定に力を注《そそ》ぐべきだろう。

実のところ、ナリスはモグワール王家を滅ぼすことができれば、それでよかった。妻の敵《かたき》をこの手で討《う》つ。

それだけが望みだったが――王家との戦には味方が必要であるし、王族を滅ぼしてあとは知らぬふりというわけにもいかない。

誰かが国としてまとめなければ、民草《たみくさ》が路頭に迷う。

モグワールを滅ぼしたのはハヤサ。責任は取るべきだろう。

ナリスはハヤサを建国し、モグワールのすべてを引き継いだ。

拠点をモグワールの王城があった地に移し、遷都《せんと》もしなかった。

不満を持つ者は、時に説得し、時に策を弄《ろう》して制圧。

いつしかナリスは、知略《ちりゃく》智謀《ちぼう》を謳《うた》われる王となっていた。

トウザとフィールについて話していたナリスは、再び口を開く。

「じゃが、王太子は見どころのある男じゃのう。中央の商《あきな》いを捨てるは愚策《ぐさく》と見て、我らに親書を送ってきたわ。和平を望んでおると。あちらがその気であれば、我に否《いな》やはない。王が邪魔じゃが、それは王太子が責任をもって抑えるそうじゃ。友好の証《あかし》に、我の娘との婚姻を望んできよった」

フィールにとっても、大陸中央の起点となりうる港の確保は必要なのだ。

カイナン、ナグモ、ランカナ……

ハヤサ以外にも条件を満たす国はあるが、カイナンは地形が峻厳《しゅんげん》で大きな港が作れない。ナグモはカイナンの属国なので交渉がややこしい。そうやって他国を天秤《てんびん》にかけていき、ハヤサを選んだのだろう。

「あちらには、公《おおやけ》の婚約者もおらぬしのう。場合によっては差し出された女を受け取らねばならぬこともあるが、我が娘には正妃の座を用意すると言ってきておる」

「ちょっと、待てや」

トウザはナリスの話を止めた。

「公のってのは、なんなんだよ」

トウザは、潮で傷《いた》んで赤茶《あかちゃ》けた頭をかいた。

トウザは、ナリスと亡妻オクタヴィアの長子である。

当年十八歳。父より長身で逞《たくま》しい大柄な体と野性的な男臭い顔は、ハヤサの系統である。

ハヤサの跡継ぎだったトウザは、なりゆきで王太子になっている。

「フィール王太子の婚約者候補で、最有力は国内貴族の令嬢だったらしいの。ならばいつでも娶《めと》れるゆえ、いざという時のために、わざと公にせなんだらしい。己が婚姻まで交渉の手札にするとは、したたかよのう」

ナリスの答えに、トウザは鼻を鳴らした。

「タヴィナはオウミの王太子にどうかと思ったんだが、あっちには婚約者がいるしなぁ……望まれてるだけましか……」

トウザは、オウミの王太子マティサを思い浮かべた。

華やかで鋭《するど》い雰囲気を持つ美貌の王太子。

オウミはモグワールに味方することもできたが、一豪族にすぎないハヤサを選んだ。

オウミにとっては、モグワールが分裂したほうが都合もよかっただろう。

王家が滅亡、もしくは大きく力を落とせば、モグワールの各貴族は独立を宣言したに違いない。

群雄割拠《ぐんゆうかっきょ》、その隙にオウミが土地を占拠してしまえばいい。

だが、オウミは静観し、ハヤサはうまく国をまとめた。

トウザは、マティサの度胸と気性が気に入ったのだが、あいにくランカナの王女と婚約していた。

世の中、何もかもはうまくいかない。

「他に側室を持つとの宣言は面白くないが、交易を盛んにしておる国としては波風を立てられぬということじゃろう。致し方ないのう。タヴィナはフィールに行かせる」

トウザはちっと舌打ちし、手拭《てぬぐ》いを引っつかんでナリスに投げつける。

「手前《てめえ》が決めてきたことだろうがよ！　泣きそうな面《つら》、してんじゃねえ！」

「トウザ～」

『虐殺人形』と呼ばれる父は、口調だけ聞けば平静だったが、実は人形のごとく整った顔を歪《ゆが》めていた。

「フィールは遠いのじゃ。タヴィナに会えぬようになると思うと……」

トウザの投げた手拭いを手に取り、ナリスはしくしくと泣き出す。

「これが知略《ちりゃく》謀略《ぼうりゃく》を謳《うた》われる男かねぇ……」

トウザは呆れた。

もしハヤサが一豪族のままであれば、トウザの妹たちは一族の男か、せいぜいモグワール国内の有力貴族に嫁《とつ》いだだろう。

しかし王族となれば、他国との関係を築くため遠い異国に嫁ぐこともある。

それは父もわかっているはずだが、理性と感情は別物なのだろう。

「腹《はら》ぁ決めやがれ！　めそめそしてんじゃねえよ、鬱陶《うっとう》しい。それがハヤサのためになると、よくよく考えてのこったろう？　王族が国のために嫁ぐことなんざ、よくあらあ。タヴィナもわかってくれるさ」

「トウザ……」

ナリスは泣き濡れた目でトウザを見上げる。

「オクそっくりじゃのう。その言い方……ますますオクに似てきおって」

亡き妻を偲《しの》んで、ナリスはしくしく泣く。ナリスが妻を亡くして、まだ二年であった。

「うるせえよ」

トウザは不機嫌な表情を浮かべる。

「オク〜、なぜ我をおいて逝《い》ってしまったのじゃ。我は寂《さび》しゅうて寂しゅうて、死んでしまいそうじゃ〜」

「泣くなっ、つってんだろ」

トウザは、ガシガシと乱暴にナリスの顔を拭《ふ》いた。

「オクゥゥ〜」

「おい！」

ナリスはトウザにしがみつき、号泣した。

トウザが何かすればするほど、オクタヴィアを連想させてしまうのである。

「……もう好きにしろよ……」

息子は諦めて、父の好きにさせた。

◆

ゆっくり傾《かたむ》いていく夕日が空を赤く染めて、静かな波が光を弾《はじ》く。

気に入りの風景を眺めながら、トウザは嫁いでいく妹と残りわずかな時間を過ごしていた。

「兄様《あにさま》、今日までお世話になりました」

タヴィナがトウザに頭を下げた。

さらりと流れる絹糸に似た黒髪。黒曜石色の瞳。名工が精魂込めて作り上げた人形のような顔は、父ナリスによく似ていた。

おそらく大陸三大美女に数えられた父方の祖母は、こんな容姿だったのだろう。

ナリスが小さい頃に亡くなっているので、トウザはその顔を知らないが。

「とうとう明日か。早いもんだな」

「あい、兄様」

明日、タヴィナはフィールに向かって出航する。

タヴィナが乗る船とその乗組員は、そのままフィールに残ることとなった。タヴィナの持参金の一部である。

嫁入り道具も、すでに船に積みこんだ。国の面子《めんつ》がかかっているだけに、あれやこれやと奮発した。

むろん、あちらからも様々な名目でハヤサに贈りものをしてくる。

王族の結婚というものは、ある意味、見栄《みえ》の張り合いなのだ。

すべての準備が終わり、あとは本人が船に乗るだけである。

「すまん。お前には苦労をかけるな」

トウザは、遠い異国に嫁ぐ妹の身を案じた。

タヴィナをはじめ、トウザの妹たちは『虐殺人形』と呼ばれる父の美貌を受け継いだ。

最初はただ喜んでいたのだが、日々美しくなっていく妹たちに、一族は不安を募《つの》らせる。

まだハヤサがモグワールだった頃、このままでは娘が王族に奪われてしまうとナリスが言い出した。

確かに、モグワール王族は美女に節操《せっそう》がない。

しかし、いくらなんでも王の孫にあたるタヴィナに、無体《むたい》を働く者がいるだろうか。

そんな疑問に、元王子《ナリス》本人が、王の身内であっても危ないと強く主張した。

たとえ、孫、姪《めい》、従姉妹《いとこ》だろうと、美しければ見境《みさかい》がないと。

何かあったのか疑ってしまうほどの力説であった。

結果、ハヤサの一族は、三人を徹底的に隠すことにした。

公《おおやけ》の場には姿を出させない。社交界なんぞ、知ったことか。ハヤサ一族以外の人間がその姿を見ることは、決して許さない。

おかげで、妹たちは『ハヤサの掌中の珠』と噂されるようになった。

あまりの美しさに、出し惜しみしているのだと。

まったくその通りだった。

下手に表に出せば、求婚者は際限なく湧いて出ただろう。権力に任《まか》せ、よこせと言ってくる輩《やから》もいたはずだ。

だが守るために囲いこんだがゆえに、妹たちは社交界を知らずに成長してしまった。

タヴィナは今後、王太子妃としての振る舞いを要求される。礼儀作法は教えてあるが、圧倒的に経験が足りない。

これで、各国との付き合いを大事にしなければならない海洋国の王太子妃が務まるだろうか。

トウザは心配だった。

「兄様《あにさま》、案じめされぬよう。妾《わらわ》は遠くにまいりますが、きっと大役を果たして見せましょうほどに」

「そうか」

タヴィナは艶然《えんぜん》と微笑《ほほえ》んだ。

「妾の務めは、彼《か》の国とハヤサの絆《きずな》を確かなものにすることでございましょう？　その秘訣は、夫たる王太子殿の心を掴み、離さぬこと。妾には父様《ととさま》がくださいました、この顔がございますもの。なんの、男《おのこ》の一人や二人、籠絡《ろうらく》してみせますわ」

ほほほほほと上品に口元を隠して笑うタヴィナに、トウザはちょっと引いた。

「そうか……」

「あい。父様と兄様がなした偉業、無駄にはさせませぬ。妾もハヤサの女子《おなご》、覚悟を決めましてございます。女子の役割は、家と家の縁を結ぶこと。それがこの度は国と国になっただけのこと、生涯かけて果たして見せましょうほどに」

きりっと顔を引きしめて言うタヴィナは、女としての美しさは変わらないものの、とても凛々《りり》しい。

妹は予想外に男前だった。

「……そうか……お前がその気なら、いいけどよ……」

タヴィナの中に流れるハヤサの血を実感したトウザだった。

無駄な心配だったかと、トウザは思い直す。

「そんじゃ、親父《おやじ》に会うか？」

「あい。父様《ととさま》にご挨拶《あいさつ》しとうございます」

トウザは立ち上がり、タヴィナを伴って父の部屋へ向かった。

その途中、下の弟ゴンザがタヴィナに声をかけた。

「姉者《あねじゃ》、姉者、もう姉者が過ごすのは今宵《こよい》だけかと思うと、わしは寂《さび》しゅうてならんわー！」

「やめねえか！　手前《てめえ》の図体、考えやがれ！」

激情のあまりタヴィナに飛びつこうとしたゴンザを、トウザはぎりぎりのところで押しとどめた。

最近とみに体が大きくなってきたゴンザ。力任《ちからまか》せにタヴィナに抱きつけば、怪我をさせかねない。

〝加護持ち〟ではないとはいえ、ハヤサの男は大柄で力が強い。

トウザならびくともしないが、タヴィナは違うのだ。

トウザに庇《かば》われたタヴィナは、ゴンザににっこりと微笑《ほほえ》みかけた。

「ゴンザは大きゅうなっても甘え子じゃのう。妾《わらわ》も会えぬようになるは悲しいが、これも女子《おなご》の務めじゃ」

「姉者ぁあ〜」

ゴンザがぼろぼろと涙をこぼす。

「でけぇ図体して泣くな」

ゴンザが涙もろいのは、祖父のガンザに似たのか、父のナリスに似たのか。トウザには判断できなかった。少なくとも直情的なのは、ハヤサの血筋だろう。

「兄者《あにじゃ》ぁあああ！」

ゴンザはがしっとトウザに抱きついて、おいおい泣いた。

「だから泣くなっつってんだろ」

トウザはしがみついたゴンザをそのままにして、再び父親の部屋に向かう。

部屋の前には、上の弟のセンザがいた。

「兄者、姉者、父者《ちちじゃ》に挨拶するのかの？」

「おう、センザか」

タヴィナと一つ違いの弟は、冷静に声をかけた。

センザは、ハヤサの男としては冷静でおとなしい。

近頃は、二つ下のゴンザに背を追い抜かされそうになっている。

「親父はいるか？」

「父者は部屋におる。待っておると思うがの」

センザは、トウザにしがみついておいおい泣いているゴンザに視線を送った。

「ゴンザ、兄者を困らせてはならぬ」

「センザ兄者～」

センザはえぐえぐと泣くゴンザを兄から引きはがし、タヴィナに向き直る。

「姉者、ご結婚おめでとうございまする。姉者の婚姻は、両国を強く結びつける喜ばしきものかと存じます」

深々とセンザは頭を下げた。

「センザはようわかっておるのう。賢い子じゃ」

「我も姉者《あねじゃ》の役割は重々。姉者が幸せになるのであれば、我に否《いな》やはなし。なれど――」

センザはここで顔を上げたが、その目は笑っていなかった。

「もしも姉者を蔑《ないがし》ろにし、泣かすようなことがあれば、それはハヤサを愚弄《ぐろう》するも同じ。全力をもって後悔させてやりまする。姉者、何かあればそう言ってくださりませ。姉者を泣かした者を我は許さぬ――」

センザの腹の中は、煮えくり返っていたらしい。

「よう言うた！　センザ兄者《あにじゃ》！　そうじゃ、姉者を泣かせたら、フィールなぞ叩き潰してくれる！」

「不吉なこと、言ってんじゃねえ！　てか、お前もか！」

トウザの弟たちは〝加護〟を持たない。トウザは一応手加減し、二人に拳《こぶし》を食らわせた。

センザとゴンザは、鉄拳制裁《てっけんせいさい》された頭を抱える。

ふっとタヴィナが笑みを浮かべた。

「所詮、センザもハヤサの男よのう」

タヴィナの結婚が決まってから、トウザは、血迷ったハヤサの男――タヴィナの結婚に反対する者たちを殴り倒してきた。

ハヤサの絆《きずな》は強かった。

「親父《おやじ》、入るぞ」

トウザは弟妹《ていまい》を引き連れて、ナリスの部屋に入った。

「トウザかえ？」

ナリスは物憂《ものう》げに座っていた。

「父様《ととさま》、ご挨拶《あいさつ》にまいりましたえ」

「タヴィナ」

タヴィナはナリスの前に控え、頭を下げた。

「父様、今日までお世話になりました。タヴィナは明日、旅立ちます。父様と母様《かかさま》の娘として生まれ、タヴィナは嬉しゅうございます」

タヴィナの挨拶にナリスはしばし目頭《めがしら》を押さえ、言葉を発せられなかった。

「そなたには、すまぬことをするのう。王太子の申し出とはいえ、まわりの目を盗んでそなたに悪さをする者がおるかもしれぬ。それがわかっていても、今はこうするしかないのじゃ」

王太子本人が望んだことだが、フィールにも納得できない者がいるはずだ。

その筆頭は、王だろう。

理性的に考えれば、この婚姻は国益に繋がる良縁。しかし感情面ではハヤサを認めたくない。

そんな反発がタヴィナに向けば、何をするかわからない。

フィール国内の貴族たちにも、当然思うところはある。

王太子妃候補の筆頭だった令嬢など、恨《うら》みを買う相手には事欠かない。

また、政治的な駆け引きで今後娶《めと》る側室も、正妃の座を虎視眈々《こしたんたん》と狙うだろう。王太子の前では控えていても、裏で陰湿な嫌がらせをするかもしれない。

それを知りながら娘を送り出さなければならないナリスは、心を痛めた。

「ご案じめされるな、父様《ととさま》。妾《わらわ》もハヤサの女子《おなご》。売られた喧嘩は買いますえ。夫の心を掴むは、女子の戦《いくさ》。その本分を忘れて裏で蹴落とそうとする者になど、負けてやりませぬ」

タヴィナはことのほか気丈で、男前だった。

箱入りとはいえ、ハヤサの女。喧嘩を高価買取中。戦う気満々だ。

トウザは、妹の中に亡き母の面影《おもかげ》を見た。

「さようか……」

ナリスは視線をあちこちに彷徨《さまよ》わせ、しばらく考えこんでいたが、改めてタヴィナに向き直った。

「嫌になったらすぐ言うがよい。王族皆殺しにしても、そなたを取り返すぞ」

「不吉なこと言ってんじゃねえ！　てか、親父《おやじ》が大本《おおもと》か！」

『虐殺人形』ナリスは王級〝加護持ち〟である。それも、『ハヤサの鬼』トウザと比べても格は上だ。

他の王級〝加護持ち〟たちは、三日三晩、飲まず食わずの不眠不休で戦い続けられる。しかし、ナリスのそれは七日七晩に及ぶ。

速さはそれほどでもないが、剛力《ごうりき》に関しては『黒の魔将軍』マティサよりも上。驚くほど頑丈で、そのあたりに〝加護〟が偏《かたよ》っているのだろう。

なので、トウザは手加減しなかった。

床が砕けるほどの勢いで叩きつけられたナリスは、何事もなかったかのように起き上る。

「床が砕けたではないか。直したばかりじゃぞ」

王太子による王への殴打《おうだ》という非常事態に、タヴィナをはじめとする弟妹《ていまい》は驚きもしなかった。

衛兵すら動かない。

タヴィナは、少しだけ寂《さび》しそうに言った。

「この光景も見おさめじゃのう」

ハヤサにとって、これは日常茶飯事《にちじょうさはんじ》であった。

なお母の存命中は、彼女も時々ナリスを殴っていた。

ナリスは、一度もそれを怒ったことはない。

父は被虐《ひぎゃく》趣味なのであろうかと、タヴィナは少しだけ疑ったことがある。しかし自身の心の平穏のため、それは考えないことにした。

賢明な判断である。

「妾も父様と母様のように、仲睦まじい夫婦になりたいと思うております」

タヴィナが言うと、兄弟《きょうだい》全員が青ざめた。

「待て！　タヴィナ！　それだけはやめとけ！」

トウザがタヴィナの両肩に手を置いて力説すれば、左右に弟がすがりつき——

「姉者《あねじゃ》！　早まるでない！　それは、それだけはぁぁあ！」

「姉者！　それは相手が気の毒すぎるぅぅう！」

両親を同じくする兄弟《きょうだい》総がかりで、タヴィナを説得しようとするのであった。

「どういう意味かえ？」

息子たちの態度に父は悲しくなる。

確かに、ナリスとオクタヴィアの仲はよかった。

互いにべた惚《ぼ》れと言っていいだろう。

だが、それは世間一般のものではない。

タヴィナは眉を寄せた。

「兄様《あにさま》、妾《わらわ》は仲睦まじい夫婦になりたいだけであって、夫を殴ったり、蹴ったり、あまつさえ女子《おなご》の衣装を着せて化粧させようとは、思うておりませぬ」

兄弟がほっと息を吐く一方、父は青ざめた。

「なぜ、それを知っておるのじゃ！」

「知られてねえと思ってたのかよ！」

トウザは呆れた。

オクタヴィアは面食いである。

ゆえに、夫の美貌はことのほか愛していた。

時々、こっそり誂《あつら》えさせた女物の服をナリスに着せ、化粧を強要していたのは夫婦の秘密。

オクタヴィアは、夫を飾り立て、愛《め》でていたのだ。

永遠に秘密にしておきたい、ハヤサの恥部《ちぶ》である。

しかし、子供は意外に親を見ているもの。きょうだいは全員そのことを知っていた。

タヴィナが力説する。

「あれは父様《ととさま》だから似合うのじゃ！　この世には女装《それ》の似合う者と似合わぬ者がおることぐらい、わきまえておるわ。兄様やゴンザが女物の衣装を着れば、妾は吐くか、腹が痛くなるほど笑い転げるぞえ！」

「そっちの問題か！」

トウザは思わず突っこみをいれた。

確かに、ナリスは女装が似合う。

しかし、それは彼の容貌が女性的だからだ。

ナリスは少し考えたのち、口を開いた。

「あちらの王太子は男前じゃが、女装は似合わぬと思うのう」

「女装《そっち》から離れろ！」

トウザは思わず父を殴った。

ふと、悲しそうな顔をしてタヴィナが遠くを見る。

「妾は忘れられぬ。世の中の夫婦というものが、どういうものなのか知った時の衝撃を」

「……ああ、わかるぜ……」

トウザはうつろな目をして遠くを見た。

「我は、我は、それを知った時、死のうかと思うたわ！」

さめざめとセンザが嘆《なげ》く。

「……父者《ちちじゃ》と母者は……特別じゃった……わしはそのことを知らなんだ……」

がっくりとゴンザが肩を落とす。

ナリスとオクタヴィアは仲睦まじかった。

互いを唯一の存在として、慈《いつく》しみ合った。

ナリスの伴侶《はんりょ》となれるのは、オクタヴィアしかいなかっただろう。オクタヴィアの夫となれるのも、ナリスしかいなかっただろう。

それはわかるのだが――世間一般の夫婦像とは程遠い。

生まれた時から両親の姿を見ていたハヤサのきょうだいが、自分の両親が普通ではないと知った時の衝撃。

「我とオクは、深く愛し合っておっただけじゃ」

筆舌《ひつぜつ》に尽くしがたいそれは、きょうだいだけにわかるものだった。

「それだけじゃねえからっっ！」

トウザは、父に容赦なく突っこみをいれた。

良くも悪くも、子は親を見ているものである。

とその時、ぱたぱたと二つの足音がした。

戸が開けられて、二つのそっくりな顔が覗く。

「姉様《あねさま》、ここにおいででしたか」

「父様《ととさま》にご挨拶《あいさつ》にいらしたの？」

やはり、ナリスによく似た幼い少女である。

とたた、と二人は小走りでタヴィナの前に駆け寄る。

「姉様、姉様、ご成婚おめでとうございまする。末永くお幸せに」

「姉様、遠くに行ってしまわれるのですね。モナミは寂《さび》しゅうございます」

少しだけ大きいほうが次女のサヨで、小さいほうが末っ子のモナミである。

「まあ、モナミ、だめよ。姉様はフィールに行って、お幸せになるの。笑って送り出すのが、わたくしたちの務めだわ」

お姉さんぶったサヨがモナミを窘《たしな》めた。

「姉様は幸せになるの？」

「そうよ。あちらで大事にされて、可愛がってもらうのだわ。わたくしたちが祝福せずに、どうするの？」

「あい。モナミはわがままを言いません。姉様にお幸せになってほしいです」

モナミが素直に頷《うなず》くと、タヴィナは微笑《ほほえ》んだ。

「サヨ、モナミ、こちらにおいで」

タヴィナが手を広げる。

「あい」

末っ子のモナミがその胸に飛びこんだ。

「あい……」

少し遅れて、恥ずかしげにサヨが続く。

「かわゆいのお」

やはり二人によく似た長女は、妹たちを抱きしめた。

「妾《わらわ》は遠くに行くが、いつまでもそなたらの姉じゃ。この絆《きずな》は誰にも切れぬ。遠い空の下で、そなたらの幸せを願っておるえ」

「姉様《あねさま》」

「姉様」

小さな妹たちは幸せそうに笑った。

トウザは、なんかいろいろ癒《いや》された。

荒っぽく気丈な人間が多いハヤサの中で、サヨとモナミはそうでもない。

母から生まれて父そっくりの顔立ちをしているのだから、間違いなく同じ血を分けた兄妹《きょうだい》である。

しかし、性格だけはどこから来たのか不思議だった。

真っ当だ。

真っ当な女の子だ。

トウザはちょっと泣きそうになった。

「今宵《こよい》は名残《なごり》を惜しもうのう」

タヴィナは妹を愛《め》でた。

ナリスは、ふと悲しそうな顔をする。

「いつかはサヨもモナミも嫁に行ってしまうのじゃのう……」

「仕方ねえだろ。女はそういうもんだ」

トウザは溜息《ためいき》をついた。

一人目でこの騒ぎである。

二人目、三人目となったらどうなるものか。

数年後の騒ぎを予測して、トウザはうんざりした。

サヨは十一歳、モナミは九歳。

女の適齢期は十五から十八まで。

順当にいけば、四年後にはサヨ、六年後にはモナミの縁談話が持ち上がるだろう。

王族になってしまったからには、周囲が放っておかない。

「せいぜい、いいとこ選んでやるしかねえよ。男ができるのはそのくらいだ」

「うっうっ、あまり遠くへはやりとうないのお。様子がわからんでは、助けようがない」

ナリスは、フィールに娘をやることを悔《く》いているらしい。

「んじゃ、近場にやりゃあいいだろ？　うちの親戚筋だったら、どこも蔑《ないがし》ろにゃあしねえ」

本家の娘を嫁にもらって蔑《ないがし》ろにすれば、本家の怒りを買うことは必定。

「ハヤサの国内の貴族んとこ――降嫁《こうか》なら、まあよっぽどの馬鹿じゃなきゃ大事にするだろうぜ」

国内の貴族ならば、嫁いだ王女を下にも置かないほど歓迎するだろう。

「そうじゃが……ハヤサを起こしてから、他国からの話が来るようになってのう……」

ナリスがぼやく。

「そりゃあ、そうだろ。王族になっちまったんだからよ」

王族となれば、国家間の友好のため婚姻という手は避けられない。

申しこむほうも、ハヤサに見込みがあると思うから縁続きになろうとするのだ。

その根拠は、王級〝加護持ち〟が二人もいるということだろう。

「今はまだ小国ばかりじゃが、大きなところから来たら断り切れぬかもしれぬのう……」

その前に、さっさと約束を取りつけておくのも一つの手。

「国外となると……近場で有力なのはオウミ、エチル、カイナンか。ランカナにゃ絶対やりたくねえ。ナグモなんざ論外だろ？」

ランカナは隣国だが、はっきり言って商売敵《がたき》である。

海賊退治には協力もできるが、モグワールの時代から小競《こぜ》り合いは日常茶飯事《にちじょうさはんじ》だ。

そしてナグモは、カイナンの属国。

二国とも規模はハヤサと同格だが、内情が悪すぎる。

「一番理想的なのはオウミじゃな。しかし王太子には婚約者がおる。下の王子にはいないらしいが、王妃が邪魔じゃ。あれは王級〝加護持ち〟を目の敵にしておる。エチルの王太子、あれは足元が定まっておらぬしのう。カイナンは論外じゃ。王太子にはすでに妻子がおるし、庶子《しょし》が多すぎて、縁続きになろうと大して得にならん。オウミとも敵対しておるし、どこもうまくいかぬのう」

ナリスが呟《つぶや》いて、頭を横に振る。

「頭の痛えこった」

トウザもまたぼやいた。

オウミの王太子は、すでに売約済みだ。弟王子は、いずれ爵位《しゃくい》を授けられて臣下にくだる。

だが、オウミとの繋がりを確かにするのなら、狙い目かも知れない。

弟王子の歳はゴンザと同じなので、サヨでもモナミでも釣り合う。

エチルの王太子は、現王の養子。恨《うら》みを買いまくった前王の実子なので、一部に反発する声がある。国民に絶大な敬愛を捧げられる『無敗王』が決めたこととはいえ、王座につくまで、あるいはついてからも苦労するだろう。

妹たちに苦労はさせたくない。

カイナンは、王の子が多すぎる。また友好国のオウミと敵対関係にあるだけに、立場上、近づくわけにはいかない。

「カイナンの王は好色《こうしょく》だと聞くぞえ。エチルの前王のごとく、身内の嫁を取るやもしれぬ。どれだけおるかわからぬ側室の一人になど、させとうない」

センザが意見を述べた。

「ああ、それはない。若いのにも手ぇ出すけどよ、息子の嫁にゃあ、さすがに手は出さんらしいぞ。

そこら辺は筋《すじ》を通すらしいな」

とりあえず、トウザは否定しておいた。

「エチルの王太子じゃが、本当は現王の甥《おい》なんじゃろ。実子ができたら、そっちに跡を継がせたがって、迫害されるんじゃなかろうな？」

ゴンザが心配そうに言う。

「『無敗王』に限って、それはないな。コルルのことを言ってんだろ？」

コルルというのは、かつて東方にあった小国だ。

コルル国王には、長らく子がなかった。

諦めて王弟の子を養子にし、王太子としたのだが、しばらくして若い側室が老齢《ろうれい》の王の子を生んだ。

王は喜び、養子にした甥を邪魔に思った。

そこで実家に帰そうとしたところ、本人はもとより、王弟も甥の取り巻きたちもこれを拒んだ。

実子が生まれたとたんに冷遇《れいぐう》されはじめた王太子は、実父や取り巻きの後ろ盾を得て抵抗。

実子に王座を継がせたい王は、これに激怒した。

国を二分する戦いが起こり、王はこの戦いに勝利。そして甥とその妻子すべてを処刑した。

一度は我が子、孫と呼んだ者をことごとく殺したのである。

だが、その戦いには代償を伴った。

稀《まれ》に見る名将であった王弟は死に、疲弊《ひへい》したコルルは近隣諸国に食い荒らされて滅びた。

トウザは、慈悲《じひ》深き『無敗王』が同じ轍《てつ》を踏むとは思えなかった。

その時、ナリスが策略家の顔を見せてふっと笑う。

「『無敗王』殿がそうであっても、まわりがそうとは限るまい。『無敗王』殿に子ができれば勝手に踊る、考えなしもおるじゃろう。それが国を割り、血を血で洗う争いにならぬとも限らぬ」

「ああ、だから生涯独身宣言してんのか、『無敗王』」

トゥールを崇拝するあまり、実子を王座につけようと勝手な騒動を起こす馬鹿が現れる可能性はある。トゥールが我が子を王座につけたがっていると思いこみ、最悪、王太子に刺客《しかく》を送るかもしれない。

「物騒だな……さすがにそんなとこにゃあ、やれねえなぁ……」

どこも問題ありだ。

かといって小国などに嫁がせたら、いつ国が潰れるかわかったものではない。

国内ならいくらでも助けにいくことができるが、国外ではいろいろと手間がかかる。

悩むトウザに、妹は爆弾発言をした。

「サヨはお嫁に行くなら、父様《ととさま》ぐらい綺麗な人がよいです」

「モナミは兄様《あにさま》ぐらい強い方がよいです」

「何気に無理難題！」

ハヤサの男たちは、思わず叫んだ。

大陸三大美女と謳《うた》われた祖母そっくりの美貌を誇るナリス。

王級〝加護持ち〟のトウザ。

それぞれの分野で、この二人に肩を並べられる人間は数少ない。

「ほう、サヨは我のような者がよいのか？」

父の顔は、だらしなく緩んでいる。

「あい。父様《ととさま》はとてもお綺麗です」

サヨは母譲りの面食いだったらしい。

「うわ……理想が高すぎる……顔で親父《おやじ》に張るのなんざ、噂の『無敗王』とか……。モナミはなんだ、王級〝加護持ち〟ぐらいしか……」

トウザは頭を抱えた。

「兄様《あにさま》、案じずとも、そのうち世の中というものがわかるぞえ」

タヴィナが呆れたように言う。

「小さい女子《おなご》は家族しか知らぬ。ゆえに、家族の中に理想を見るのじゃ。されど、そのうち世の中が見えてくるえ。世の中は広い。サヨもモナミも、父様や兄様より心惹かれる者に出会うでありましょう」

「……それはそれで、寂《さび》しいんだがな……」

◆

トウザは、長女タヴィナがフィールへ旅立つ前の晩を思い出していた。

あれから、いろいろなことがあった。

オウミの王太子がかわり、マティサが辺境の地へ引っこんだ。

エチルにちょっかいを出したことでオウミの国力は落ちたものの、傾《かたむ》くかと思われたオウミはいつの間にかカイナン、エチルと三国で同盟を結んだ。

その後、ランカナの宰相の企《たくら》みに、オウミ、カイナン、ハヤサの連合軍で対抗。ランカナ戦が落ち着くと、同盟にハヤサが参加することとなった。

たった数年で、歴史は大きく動いた。

この度、トウザは四ヶ国同盟の調印式と祝宴に出席するためオウミに来ている。

「兄様、兄様、ここがオウミですの？　本当に、サヨが宴《うたげ》に出てよいのですの？」

サヨは、はじめての他国への旅に興奮していた。まして、祝宴に出るよう言われたのもはじめてである。少々、舞い上がっていた。

「ああ、そうだ。綺麗に着飾れよ」

「あい。サヨはとても楽しみです！」

サヨ自身は知らないが、これはオウミのジュリアス王太子に縁談を持ちこむための下準備である。

(さて、うまくいくかね？)

オウミ王都を眺めてはしゃぐ妹を優しく見守りつつ、トウザは先を思って苦笑した。

牧原のどか（まきはら のどか）
愛知県出身、在住。2013年「ダィテス領攻防記」にて出版デビューに至る。活字中毒の歴女で腐女子。戦闘シーン、ファンタジー、メカ物が好き。趣味はガーデニングと小説執筆。

イラスト：ヒヤムギ
http://members2.jcom.home.ne.jp/bivurio/

本書は、「小説家になろう」（http://syosetu.com/）に掲載されていたものを、
改稿・加筆のうえ書籍化したものです。

ダィテス領攻防記《りょうこうぼうき》4

牧原のどか（まきはら のどか）

2015年 2月6日初版発行

編集－宮田可南子
編集長－塙綾子
発行者－梶本雄介
発行所－株式会社アルファポリス
〒150-6005東京都渋谷区恵比寿4-20-3恵比寿ガーデンプレイスタワー5階
TEL 03-6277-1601（営業） 03-6277-1602（編集）
URL http://www.alphapolis.co.jp/
発売元－株式会社星雲社
〒112-0012東京都文京区大塚3-21-10
TEL 03-3947-1021
装丁・本文イラスト－ヒヤムギ
装丁デザイン－ansyyqdesign
印刷－大日本印刷株式会社

価格はカバーに表示されてあります。
落丁乱丁の場合はアルファポリスまでご連絡ください。
送料は小社負担でお取り替えします。

ISBN978-4-434-20194-3 C0093